LUCIEN DEPRIJCK

BESUCH BEI STEPHEN CRANE

ERZÄHLUNGEN

© Lucien Depryck, Köln 2005

Umschlagfoto: Lucien Depryck
Das Bild zeigt Brede Place,
den Wohnsitz von Stephen Crane 1899-1900

Gestaltung: Manfred Weise, Mettmann
Druckvorlage: Klaus Waßer, Mettmann
Herstellung und Velag:
Books on Demand GmbH, Norderstedt
ISBN 3-8334-3927-0

Inhalt

Wie ich Schriftsteller wurde 5

Julia 7

Ein Funke in der Dunkelheit 20

Die sieben guten Taten des Darian 36

Geht nicht durch diese Tür! 39

Einladung zum Tee 41

Sie trafen sich nie 62

Hinter den Bergen, auf der anderen Seite 65

Diese wunderbare Stadt 71

Die Männer am Hafen 75

Es kam der Tag 91

Den Himmel zu sehen 92

Die Schritte vor seiner Tür 96

Das Zentrum der Welt 108

Besuch bei Stephen Crane 120

Wie ich Schriftsteller wurde

Alles fing damit an, daß mir in einem Antiquitätengeschäft ein kauziger alter Kerl versuchte, eine „Wunderlampe" anzudrehen.

Natürlich dachte ich, der hat sie nicht alle. Aber da man mir einfach alles andrehen kann, nahm ich sie schließlich mit. Sie kostete nicht viel, und ich wollte dem alten Mann eine Freude machen.

Zu Hause, albern kichernd über meine Blödheit und nach einigen Gläschen, rieb ich an der Lampe und amüsierte mich köstlich über mich selbst.

Und dann erschien der Geist.

Unglaublich, er sah aus wie Meister Proper und guckte etwas grimmig drein.

„Junge!" sagte er. „Ich dachte schon, es passiert nie mehr!"

Nicht, daß ich das alles sonderlich ernst nahm. Irgendwo in meinem Hirn spukte der Hauch des Verdachtes, daß ich vermutlich im Suff auf der Couch eingeschlafen war.

Er eröffnete mir, daß ich drei Wünsche frei hätte.

So was hatte ich schon des öfteren geträumt. Aber der Zaster und die Weiber hatten sich mit dem Erwachen immer in Luft aufgelöst. Da war nichts zu machen.

Doch als ich mich diesmal dementsprechend äußerte, sah mich der Lampengeist streng und ein wenig mitleidig an.

„Gibt es nichts, was du dir wirklich wünschst? Insgeheim!"

Na ja, wenn ich so darüber nachdachte, gab es da schon etwas. Meine geheimen Wünsche, stammelte ich, seien allerdings recht ausgefallen. Er müsse das verstehen, da sei mein Hang zur Literatur, und ...

Aber er unterbrach mich mit der Versicherung, daß er einiges gewöhnt sei.

Und so nahm ich all meinen Mut zusammen.

„Eine Zechtour mit Dylan Thomas, bitte!"

Schon saß ich in einer walisischen Kneipe der vierziger Jahre mit einer Art Sammelbehälter für Bier vor mir auf dem Tisch, den ich nur mit Mühe heben konnte. Mr. Thomas klopfte mir auf die Schulter und blies unmißverständlich zum Gefecht.

Ja, da saß er wirklich vor mir! Andauernd mußte ich seine Augen betrachten, während wir plauderten. Eigentlich wollte ich ihn so vieles fragen, was die üppige Bildlichkeit seiner Dichtung betraf, die surrealistische Sprachfülle und die folkloristisch-allegorische Symbolwelt seiner Erzählungen. Aber schließlich sprachen wir über die verschiedenen Arten, Zigaretten auszudrücken, und über die sensible Natur von Katzen, die bei Abwesenheit ihrer Besitzer demonstrativ auf Teppiche und in Badewannen kacken. Es ging ganz leicht, und wir hatten viel Spaß.

Dann trank er mich unter den Tisch, und als ich meinen Rausch aus-
geschlafen hatte, saß wieder mein Geist vor mir.

„Und der zweite Wunsch?" fragte er.

„Ob es wohl möglich wäre … Mark Twain zu treffen?"

Ich fand mich wieder auf einem Mississippi-Dampfer, und der Mann
neben mir am Steuerrad, das war er. Er trank dampfenden Kaffee aus
einer Blechtasse und beobachtete mit wachen Augen den Fluß. Es schien
ihn nicht zu wundern, daß ich plötzlich da war, denn er fragte nicht,
woher ich käme, sondern plauderte mit mir, als stände ich jeden Tag so da
und starrte ihn an.

Er erklärte mir, worauf man achten müsse, auf die Sandbänke und
ufernahen Strömungen und die Flöße und Boote im Dunkeln. Er habe
nicht vor, immer Lotse auf dem Mississippi zu bleiben, sagte er, und wir
sprachen darüber, was er vielleicht in Zukunft so tun würde. Ich riet ihm,
eines Tages die Abenteuer seiner Jugend in Büchern festzuhalten, und er
sagte, das sei eine eigenartige Idee, aber er werde darüber nachdenken.

Da saß ich auch schon wieder vor meinem Lampengeist und atmete
einmal tief durch.

„Jetzt noch der dritte Wunsch!" sagte er, ziemlich gelangweilt.

Ich überlegte noch einmal sorgfältig. Ich wollte all diese Männer und
Frauen kennenlernen, deren Bücher ich verschlungen hatte, seit ich drei-
zehn oder vierzehn war. Gern hätte ich herausgefunden, ob Hemingway
noch mehr vertrug als Dylan Thomas, oder wäre gern mit Saint-Exupéry
über der Wüste geflogen. Ich wollte in einer lauen Südsee-Nacht mit
Stevenson plaudern oder mich bei den Brontë-Schwestern zum Tee einla-
den.

Aber letztenendes war ich viel zu egoistisch.

„Ich möchte selbst Schriftsteller werden", sagte ich.

Also geschah es.

Julia

Steenbergen wirkte ausgebrannt und um Jahre gealtert. Seine eindrucksvollen, dunklen Augen hatten etwas Bitteres und Verächtliches in ihrem Blick statt der elementaren Wachheit und angeborenen Neugierde, die wir gewohnt waren. Er war schweigsam geworden, aber sein ständiges Umherirren, sein Auf- und Abgehen, seine Unfähigkeit, an einem Platz stillzustehen, zeigten, daß seine Unruhe ungebrochen war. Er hätte ebenso gut tot sein mögen: Mein Schock angesichts der Veränderung hätte nicht größer sein können. Es ist befremdlich, wenn man feststellt, daß man sich mit dem eigenen Alterungsprozeß abgefunden hat und ihm täglich mit einem spöttischen Lächeln zusieht, andere, scheinbar Auserwählte jedoch für unsterblich hält und ihnen das Recht auf Verfall und Tod abspricht.

Im Haus, auf der weiträumigen Terrasse und auf den Gartenwegen tummelten sich alle möglichen Leute, von denen ich nur noch die wenigsten kannte und von denen mich die allerwenigsten interessierten. So machte ich meiner sprichwörtlichen Arroganz alle Ehre. Mein Traum war es, zum Gruß ausgestreckte Hände verachtungsvoll nicht zu ergreifen: die übelste Demütigung einem Menschen gegenüber, die folglich am meisten Vergnügen bereitet. Ich war festen Willens, mich an den Kriechern zu weiden, die von meinem Erfolg gehört hatten und freudig auf mich zugingen, obwohl sie seit Jahren oder noch nie zuvor mit mir gesprochen hatten und mich früher nur eines mitleidigen Blickes gewürdigt hätten. Ich hoffte darauf, sie kommen zu sehen, und bereitete mich vor auf die geliebte Schlacht. Wie schön und vergnüglich es ist, andere Menschen zu verletzen, die alle Waffen aus den Händen gelegt haben und an eine Grundanständigkeit glauben oder auch nur an die Dummheit, Schmeicheleien nicht widerstehen zu können.

Sie kamen hierher, um sich mit erlesenen Köstlichkeiten vollzustopfen, sich mit Champagner und den edelsten Whiskysorten zu salben, sich in Szene zu setzen und, noch ehe der Gastgeber recht außer Hörweite war, über ihn und seine Lebensweise herzuziehen und die übelsten Gerüchte zu verbreiten. Ich schlenderte durch den Garten, ein blühender Park in leuchtenden Farben, und betrachtete von Ferne das imposante, historische Gebäude, ein alter Herrensitz mit mittelalterlichen Wurzeln, den sich Steenbergen als Domizil leistete und in dessen zahlreichen Fenstern sich die sinkende Sonne vielfach widerspiegelte wie im Facettenauge eines Insekts. Eine leichte Brise trieb einige dekorative Wolken in Richtung Nordost, die Luft schmeckte salzig, und auch ein paar Möwen verrieten dann und wann die Nähe des Meeres, das nur wenige Meilen entfernt gegen die Strände der Seebäder brandete.

Eine kleine, etwas korpulente Dame, die vor zwanzig Jahren einmal ein hübsches, bezauberndes Mädchen gewesen war, zupfte mich am Ärmel: mein erstes Opfer.

„Es tut mir leid", sagte ich. „Sie müssen mich mit jemandem verwechseln."

Irritiert nannte sie Orte, Daten und Namen zum Beweis, daß unsere Leben sich einmal gekreuzt hatten. Aber ich zuckte nur mit den Schultern.

„Aber an all das mußt du dich doch noch erinnern!"

„Ja", sagte ich. „An all das schon. Nur an Sie nicht."

Der Anblick ihrer Verzweiflung und die Empfindung von Blamage, die sie deutlich erröten ließ, war köstlich. Hastig stotterte sie für die Umstehenden eine Erklärung. Ich studierte es beflissen aus dem Augenwinkel, während ich lächelnd jemandem zuwinkte, der gar nicht existierte.

Später gesellte sich eine Gestalt zu mir, die es offenbar darauf abgesehen hatte, mir vorgestellt zu werden. Steenbergen selbst übernahm die Aufgabe, durch einige Erklärungen mein Gedächtnis aufzufrischen. Das war also aus einem der jüngeren Kerle geworden, die immer so eifrig mit ihren Fähigkeiten und Möglichkeiten hausieren gegangen waren und als Neunzehnjährige schon mit uns Älteren redeten, als seien wir eine Art Auslaufmodell und nicht mehr zeitgemäß. Jetzt war er voller Bewunderung und fand nicht genug nette Worte, um das heraufzubeschwören, was er für eine vergnügliche Plauderei hielt. Zwei oder drei andere standen dabei, die wohl gespannt meiner Antworten auf anbiedernde Fragen harrten. Ich ließ ihn eine Weile so reden, und als er gerade mitten in einem Bericht über seinen Werdegang war, sagte ich laut: „Ich werde jetzt etwas essen gehen. War nett, mit Ihnen zu sprechen." Und mit einem galanten Lächeln verabschiedete ich mich.

Andere im Gespräch zu demütigen ist eine Philosophie für sich. Letztlich ist eine Begegnung immer eine Frage der Rollenverteilung. Je schneller man sich als der Überlegene erweist und den anderen in die untergeordnete Position zwingt, um so besser. Der Psychologie sind diese Mechanismen hinreichend bekannt. Da ist die Kunst des Händedrucks. Derb, aber wirkungsvoll ist es, sein Gegenüber durch einen derart festen Händedruck zu brandmarken, daß er den Rest des Tages seine Knochen spürt. Es ist der plumpste, aber auch der schnellste Weg, die Fronten zu klären. Effektvoll ist auch das Ergreifen der hingestreckten Hand mit beiden Händen: die väterliche Wirkung selbstverständlicher Überlegenheit ist unumgänglich. Ergreift der andere die dargebotene Hand auf diese Weise, wird eine Ausdehnung des Schlachtfeldes auf den ganzen Unterarm oder ein Schulterklopfen nötig, um den Effekt wieder auf die eigene Seite zu bringen. Endloses Schütteln der gebotenen Hand, die sich gerne längst lösen würde, ist eine liebsame Variante. Demütigend ist immer, nach einem hingeworfenen Gruß die Hand nur kurz zu ergreifen, ohne noch länger hinzusehen, was dem anderen ein Gefühl größtmöglicher Unwichtigkeit gibt. Ich habe nicht viele Menschen getroffen, die den sozialen Kontakt zu einem Gesellschaftsspiel zu kultivieren vermögen. Die wenigsten wissen von der tiefen Befriedigung dieser Inszenierungen: das Unterbrechen an möglichst ungünstiger Stelle, das Lachen am falschen Platz und die unbewegte Miene zur Pointe einer witzigen Bemerkung, das Ansprechen mit falschem Namen oder der scheinbar mühsame Akt des Besinnens bei einer Wiederbegegnung. Es gibt so unendlich viele Möglichkeiten: einer schüchternen Dame während des Gesprächs genüßlich abwechselnd auf die Brüste zu sehen, eine unpassende Bemerkung über das Alter, einen mit „Doktor" betitelten Herrn als Professor zu titulieren, der sich dann selbst degradieren muß. Doch die Krönung, der Gipfel des Lustempfindens ist die Mißachtung einer dargebotenen Hand. Es ist die vollendete Transformierung der schallenden Ohrfeige auf eine andere Ebene.

Zwischendurch traf ich ihn im Gewühl, als es bereits dämmerte und man sich anschickte, die Flucht ins Haus anzutreten. Da erst fiel mir auf, wie müde und ausgelaugt er wirkte.

„Du hast offenbar einen deiner besten Tage", sagte er ohne jeden Tadel. „Die Zahl deiner Opfer ist unüberschaubar. Die Hälfte der Gäste würde dich bereits gerne vergiften oder auf eine andere Art beseitigen."

„Ich tue mein Bestes."

„Offenbar."

Da gesellte sich Julia zu uns, aus der mittlerweile eine immer noch sehr attraktive, mädchenhafte Frau von Anfang vierzig geworden war. Ihr Lächeln war so entwaffnend wie eh und je. Das braune Haar zu einer kunstvollen Figur aufgetürmt, in einem fließenden, bordeauxroten Kleid, sah sie aus wie eine ägyptische Prinzessin, oder das, was ich mir darunter vorstellte.

„Die Krönung eines Festes ist der älteste Freund des Gastgebers", sagte sie huldvoll, in einer sonderbaren Art, die ich längst als Ehrlichkeit und Unverstelltheit entziffert hatte, während andere sie oft für eine subtile Form von Sarkasmus hielten.

„Die Krönung eines Festes ist die Königin", entgegnete ich mit der geballten Kraft meines Talents, „und ich sehe nicht, daß du einer der anderen Frauen die kleinste Chance gelassen hättest."

Steenbergen lachte auf, in seiner unverwechselbaren Art. Es war wie eine Erlösung. „Eure umständliche, kunstvolle Art der Unterhaltung hat sich nicht geändert."

Sie bestand auf einem Tanz, aber ich habe es nie geliebt, mit ihr zu tanzen. Die Berührung mit ihrem weichen, warmen Körper löste eine Begierde aus, für die ich mich schämte und der ich ungern begegnete. Vielleicht war noch unangenehmer, daß sie es wußte, wenn sie auch um so sicherer sein konnte, daß ich diesem verhaßten, aufkeimenden Drang niemals nachgegeben hätte. Ich würde nie zu ihren Opfern gehören. Vielleicht aus Rache dafür liebte sie es, mich zu quälen. Während wir zur Tanzfläche gingen, wußte ich, ich würde sie hassen, weil sie mich ein weiteres Mal überzeugte, daß es keine andere Frau gab, die in mir diesen Sturm von Emotionen auslösen würde, diese Geborgenheit und den tiefen Wunsch, sie nicht mehr loszulassen, auch nicht die Frau, mit der ich lebte und die ich gedachte zu heiraten. Wie kam es, daß das gleiche Kleid, der gleiche Stoff sich auf einer anderen Haut als ihrer nicht halb so gut anfühlte? Ich wußte es, weil ich es ausprobiert hatte. Selbst diese Demütigung hatte ich anderen Frauen nicht erspart: sie ihr ähnlicher zu machen, ohne daß sie es ahnten.

Ich spielte meine Rolle gut. Schließlich war ich mittlerweile einer der bestbezahlten Schauspieler dieses Landes. Ich schaffte es sogar, zu für mich immer noch komplizierten rhythmischen Bewegungen eine Konversation zu führen, in der ich das, was hätte gesagt werden sollen, unerbittlich umging. Stattdessen versuchte ich an etwas anderes zu denken, so wie bei den albernen Versuchen, einen Orgasmus hinauszuzögern, denen ich mich früher manchmal ausgesetzt hatte, als ich noch meinte, Ansprüchen genügen zu müssen. War das nicht äußerst passend für jemanden, der Tanzen als puren Sex betrachtet? Ich habe das nie verstanden. Man hält eine Frau im Arm, so nah, daß man sich bereits in ihrer Aura befindet, man spürt ihre Wärme, ihren Atem, man fühlt sie unter den Händen. Spürt ihre geschmeidigen Bewegungen und bewegt sich mit ihr, im gleichen Rhythmus.

Und spürt sie noch unter den Händen, fühlt noch ihre Nähe, wenn es längst vorbei ist, manchmal stunden-, manchmal tagelang.

Es war Abend geworden. Man hatte sich mittlerweile im Haus eingerichtet, sich zu Grüppchen zusammengefunden, deren Zusammensetzung dann und wann wechselte. Es begannen die üblichen Albernheiten, mit denen man in diesem Haus die liberale Atmosphäre zelebrierte und sich gleichzeitig in subtilem Spott erging. Wie es schien, wurde allen Ernstes erwogen, ein Wettrennen über eine festgesetzte Strecke zu veranstalten, bei dem die Männer die Rolle der Pferde einnehmen sollten, auf dem Rücken eine Dame, die verrückt genug war, daran teilzunehmen.

Der Alkohol hatte seine Wirkung getan: mit lautem Gejohle feierte man die Idee und ging an die Vorbereitungen. Die Männer entledigten sich ihrer Jacken und teils auch ihrer Krawatten und übten sich in schneidigen Bemerkungen, um die Gunst der Damen zu gewinnen, welche sich gebührlich zierten. Als alle Mitwirkenden bereit waren, brach mit dem Startsignal ein infernalischer Lärm los, als von überall her wilde Anfeuerungsrufe ertönten. Es gab eine rüde Rempelei und ein chaotisches Umherrennen, bis einer der Wettkämpfer mit den übelsten Tricks die Ziellinie erreichte. Auch dieses Fest auf Steenbergens Anwesen würde in die Annalen eingehen. Wegen des Rufs dieser Veranstaltungen erschienen immer so viele uneingeladene Gäste, und beim nächsten Mal würden es noch mehr sein.

Die drei besten Reiter kamen in die Endrunde, und so ging das Spektakel von neuem los. Ein schon etwas älterer Herr hatte sich wacker geschlagen, trotz eines Bauchs von eindrucksvollem Umfang, und es war seine unselige Idee, Wetten auf den Ausgang des historischen Rennens anzunehmen. Sofort brach ein unübersichtlicher Tumult aus, und es dauerte geraume Zeit, bis die Einsätze halbwegs verständlich verkündet und zu Papier gebracht waren. Außer dem Dicken war ein hochgewachsener, junger Kerl mit einem Seemannsbart am Start, und der dritte war ein bereits stark angetrunkener Norweger, der nach Sitte seiner Landsleute bei Festen vor keiner Kuriosität haltmachte. Der Dicke trug zu seiner sichtbaren Freude eine junge Blondine, vermutlich eine Tochter aus Steenbergens Bekanntenkreis. Der Lange war mit einer etwas älteren Dame belastet, die unentwegt kicherte und sich später als die Mutter der kleinen Blondine entpuppte – man entdeckte nachträglich eine Ähnlichkeit und begann das Mädchen für ihre erblichen Lasten zu bedauern. Der Norweger konnte eine neue Dame für sich gewinnen, nachdem seine Partnerin nach dem ersten Rennen geflüchtet war, weil sie ihre ruinierte Frisur bedauerte und einen Ellbogen in die Rippen bekommen hatte. Es war eine jungenhafte Vierzigerin mit großen goldenen Ohrringen, die ich von früher flüchtig kannte.

Ich hatte auf den Norweger gesetzt. Der Dicke würde den Überraschungserfolg nicht wiederholen können, und der Lange war mit einer zu großen Last gestraft. Sein unglückliches Gesicht verriet den aussichtslosen Wunsch nach einer anderen Partnerin. Daß er das erste Rennen haushoch gewonnen hatte, war für die meisten anderen Garantie genug. Aber der Norweger war ein Wahnsinniger, und er hatte gerade so viel getrunken, wie ein Skandinavier braucht, um alle Hemmungen hinter sich zu lassen. Er preschte vor und verfiel in eine Art Galopp. Das Mädchen ritt wütend auf dem Dicken wie auf einem Esel und schlug ihm die angewinkelten Schenkel in die Flanken. Eine Spur von Wollust war auf seinen geröteten Zügen unverkennbar, die ihn sicher für den dritten Platz entschädigen würde. Der Endspurt war eine Sache zwischen dem Norweger und dem Langen. Eine Weile sah es so aus, als könnte sich der letztere durchsetzen, aber schließlich holte der Norweger auf, übertraf sich selbst, und beide gingen Kopf an Kopf ins Ziel.

Es gab einen Riesentumult und eine endlose Debatte darüber, wer zuerst die Linie überschritten hatte – schließlich ging es um Geld – und die Kontrahenten standen sich gegenüber wie Schlachtrösser, umringt von ihren Anhängern. Da standen sie – erwachsene Männer, einer mit herausgerutschten Hemdzipfeln und ohne Schuhe, der andere mit zerzaustem Haar und zerrissenem Hemdsärmel. Eine der Damen suchte verzweifelt ihren verlorenen Schuh, und die andere atmete wie ein Walroß, unentwegt kichernd. Die Umstehenden gebärdeten sich wie Erstklässler. Ich hielt mich abseits und gefiel mir in der Rolle des amüsierten Beobachters. Während man langsam zu der Einigung kam, das Rennen zu wiederholen, doch zurückgeworfen wurde durch die Frage, ob der Dicke abermals teilnehmen sollte, obwohl es doch eigentlich nur um die beiden Sieger ging, entdeckte ich am Rande des Geschehens Steenbergen in der Nähe von Julia und einem dritten, mir Unbekannten in einem Samtanzug, der in dunklem Violett schimmerte. Steenbergen goß gerade Champagner nach, die drei prosteten sich zu, und Julia lächelte überschäumend. Als er sich umwandte, um die Flasche abzustellen und ein paar Worte mit einem der eigens engagierten Kellner zu wechseln, fuhr der Mann neben Julia ihr mit einer raschen Bewegung über den Hintern. Sie sah ihn an, und es war, als sähe sie mich an, denn sie wandte sich dabei genau in meine Richtung. Ihr Mund war leicht geöffnet, ihre Augen weit aufgerissen, eine Geste der Auslieferung und des vollkommenen wollüstigen Glücksgefühls. Ihr Verehrer beendete seine Tätigkeit mit der Geschicklichkeit eines Zauberkünstlers, gerade als Steenbergen sich ihnen wieder zuwandte, und sie tranken erneut auf irgend etwas zwischen ihnen Vereinbartes, das nie jemand erfahren würde, aber meine Ahnungen besagten, daß es die Freundschaft war – es war eine zu verlockende Komponente, das widerliche Spiel perfekt zu machen.

Währenddessen ging man im Gewühl der Menge wieder an den Start. Man hatte sich geeinigt, daß alle drei Wettkämpfer erneut ihr Glück versuchen sollten, vermutlich um die Wettchancen zu erhalten und niemanden zu benachteiligen. Aber es interessierte mich jetzt nicht mehr, wer gewinnen und ob ich meinen Einsatz vermehren könnte.

Ich irrte umher wie eine hungrige Katze und ging schließlich hinüber an die Bar, um mir etwas zu trinken zu holen. Als ich mit dem Glas hinaustrat auf die Terrasse, bemerkte ich zu meinem großen Erstaunen, daß es noch andere gab, die sich für das Rennen des Jahrhunderts nicht mehr interessierten.

Ich fand ihn allein in dem gemütlichen Raum auf der Südseite, den er das „Sonnenzimmer" nannte. Er war offenbar dorthin gegangen, um einen Moment unbeobachtet zu sein, und ich war ihm gefolgt.

„Ach, du!" sagte er bei meinem Eintreten, irritiert und wie aus tiefen Gedanken gerissen.

„Ich muß mit dir reden!" sagte ich ohne Umschweife, denn ich fürchtete, daß uns nicht viel Zeit blieb und ein weiterer Verfolger unser Zusammentreffen stören würde. Er sah mich einen Augenblick an, dann lächelte er. Schicksalsergeben beendete er die Zeremonie des Eingießens aus einer großen, bauchigen Flasche, bei der ich ihn überrascht hatte.

„Ich verstehe", sagte er.

Seine Art zu reagieren verunsicherte mich und ließ meinen ganzen Elan in einem Augenblick verpuffen. Er fragte nicht, worum es ging, und schien sich über meine Eile und den etwas dramatischen Auftritt nicht zu wundern.

„Eine entsetzliche Bande", sagte er, als habe er mein Anliegen schon vergessen. „Entsetzliche Langeweiler. Ein Haufen von Verrückten." Er öffnete eines der Fenster und atmete, das Glas in der Hand, die kühle Septemberluft.

„Ich muß mit dir reden", sagte ich noch einmal.

„Es gibt nichts zu bereden. Alles, was dir so wichtig erscheint, ist die Worte nicht wert."

„Du trinkst."

Er wandte sich mir zu und sah mich eigenartig prüfend und abwägend an. „Jetzt setz dich einmal hierher", sagte er. „Setz dich hierher!"

Ich gehorchte, und er ließ sich neben mir auf der Lehne der Couch nieder.

„Es gibt nichts, was du mir sagen könntest. Nichts, was ich nicht längst wüßte. Nichts, was nicht schon alle wüßten."

„Ich sehe nicht länger zu, wie du dich selbst kaputtmachst. Es ist die Pflicht von Freunden, sich aus dem Leben eines Freundes herauszuhalten, und es ist ihre Pflicht, sich einzumischen."

„Mit meinem erstaunlichen Verstand habe ich schon alle deine guten Ratschläge und Bitten in meinem Geist ablaufen lassen. Ich achte dich für deinen Versuch. Vielleicht bist du auch der einzige geblieben, der die Bezeichnung Freund noch verdient. Aber sag mir, wann du zuletzt hier gewesen bist."

„Das ist ein geschicktes Manöver, meine Zuständigkeit in Frage zu stellen. Ich weiß, daß es lange her ist, vier Jahre, glaube ich."

„Es sind fünf. Und davor sind es, wenn ich mich recht erinnere, drei gewesen. Wir haben uns in den letzten zehn Jahren zweimal gesehen. Oh, ich mache dir keinen Vorwurf. Es ist eine nüchterne Feststellung. Du hast Einblicke in mein Leben getan wie durch ein Schlüsselloch. Du hast Standbilder eines Films gesehen, auf die du für deine Rekonstruktion des Ganzen als spärliches Hilfsmittel angewiesen warst."

„Was mich nicht disqualifiziert. Je weniger ich gesehen habe, desto besser. Es war mehr als genug. Es war genug, um zu wissen, daß all das hier dich zerstört. Jeder weiß, daß die Schulden dir über den Kopf wachsen. Daß du dir das hier überhaupt nicht leisten kannst. Das Haus, die Reisen, diese skurrilen Gesellschaften. Es verschlingt deine Kraft, deine ganze Energie. Vor Jahren warst du auf dem Weg, einer der ganz Großen zu werden. Man fing an, deine Bücher zu verfilmen. Und jetzt schreibst du Drehbücher für Fernsehproduktionen und man lacht hinter vorgehaltener Hand über dich und behandelt dich wie einen Pensionär, dem man oberflächliche Hochachtung für längst Vergangenes nicht verwehren kann. Was ist mit dem großen Roman, den du schreiben wolltest? Wo sind die einfühlsamen Geschichten, mit denen du begonnen hast? Solange du nur für Geld schreibst, wirst du nie mehr etwas Ernstzunehmendes zustande bringen. Und je mehr du versuchst, den Massen zu gefallen, desto weiter wirst du dich von dem entfernen, was du hättest werden können."

Er blickte hinab auf sein Glas, das er unablässig schwenkte. Er sagte nichts und sah mich nicht an.

„Und wofür das alles? Damit ein Haufen von Parasiten und hergelaufenen Idioten in deinem Haus herumschmarotzen und sich mit Eierlaufen und Rennen auf Besenstielen vergnügen!"

„Du bist also nach wie vor entschlossen, mir Wahrheiten vorzusetzen."

Er stand auf und stellte sein Glas auf den Tisch.

„Aber es gibt keine Wahrheit, die ich nicht kenne. Es gibt nichts, das mich schockieren könnte, glaube mir."

Seine Ruhe, auch während ich schon in einen etwas erhitzten Tonfall verfiel, machte mich wütend. Er repräsentierte auf unliebsame, verkehrte Art immer noch die Unverwundbarkeit, die ich an ihm zu sehen wünschte. Und ich wollte ihn verwunden und seine arrogante Fassade durchbrechen.

„Und daß deine Frau mit ihrem Liebhaber vor dir steht, und während du dich abwendest …"

„Auch das. Gib dir keine Mühe. All deine Anstrengungen sind vergeblich."

Er ergriff die Flasche, um sich nachzugießen, und ungebeten stellte er ein weiteres Glas mit einer bernsteinfarbenen Flüssigkeit vor mich hin.

„Du hast das gewußt und hast keine Miene verzogen? … Das glaube ich nicht. Das ist doch idiotisch!"

„Hast du nicht manchmal auch das Gefühl, daß alles längst zu Ende gedacht und im Grunde schon abgeschlossen ist und daß du nur noch deine Rolle zu Ende zu spielen hast? Daß es sinnlos wäre, sich zu drehen und zu winden, weil es letztlich nichts ändern würde?"

„Du lebst ein dir zugeteiltes Schicksal. Ja, ich kenne das Gefühl. Und ich würde mich nie in diese Ordnung fügen. Ich bin bereit, mit Händen und Füßen dagegen zu kämpfen, und wenn mir jemand mit Brief und Siegel sagen würde, daß es sinnlos ist, dann würde ich mich nur um so heftiger wehren."

„Dann ist es auch dein Schicksal, dich zu wehren. Das war es immer. Du gehörst zu den Unbeugsamen, denen ihr Stolz alles bedeutet. Ihr könntet es nicht ertragen, euch zu erniedrigen."

„Als ob es Menschen gäbe, die das ertragen oder auch nur hinnehmen könnten!"

Er zuckte mit den Schultern und trank.

„Es mag für dich keinen Sinn ergeben. Du kannst dir nicht vorstellen, daß es sie gibt, diejenigen, die nur halbherzig kämpfen und im Grunde wissen, daß all ihre Anstrengungen doch vergebens sind. Ich habe dich immer für deine Standhaftigkeit bewundert. Du hast dich niemandem ergeben, nicht einmal Julia. Ich glaube, du hättest dich ihr nicht einmal ergeben, wenn unsere Freundschaft, die für dich heilig war, dir nicht im Weg gewesen wäre. Ihr Charme war dir zu aggressiv und zu toxisch; die Selbstverständlichkeit, mit der sie dich für sich einnahm, war beängstigend und ließ dir zu wenig Spielraum. Selbst den Alkohol hast du verabscheuen gelernt, weil du niemandem Macht über dich einräumst, schon gar nicht einer billigen Substanz, die deine Sinne umnebelt und deine Wahrnehmung verfälscht.

Doch sie wird nie Ruhe geben, eben weil du dich ihr entziehst und dem Magnetismus zwischen euch trotzt, und das macht dich für sie begehrenswerter als alle, die ihr zufliegen und ihr huldigen und ihr nachschwirren wie Drohnen einer Bienenkönigin, und nie bist du ein willkommeneres Opfer gewesen, denn sie liebt den Erfolg, und sie liebt deinen Erfolg. Wenn man über dich schreibt, glättet sie sorgfältig die Zeitungen, liest versonnen die Artikel und nimmt dich für sich in Besitz, ein kleines Stück von dir. Glaub mir, es ist nicht immer nötig, daß jemand etwas gibt, um sich nach und nach an einen anderen zu verlieren, und manchmal ist es gleichgültig für den Ausgang der Dinge, ob sich jemand einem anderen verweigert. Sie sieht deine

Filme, als hätte man sie ihr zum Gefallen gedreht. Du weißt, wie sie ist, wie selbstverständlich und ohne jede Bosheit sie alles auf sich bezieht. Nach all den Jahren weigere ich mich zuzugestehen, daß irgendetwas an ihr böse oder falsch ist. Ich glaube nicht, daß ihre Naivität gespielt ist, es ist etwas, was zu ihr gehört. So scheint sie sich nie bewußt zu machen, daß auch andere Leute an deinem Erfolg teilhaben. Sie tut, als wäre es ihr Verdienst, weil sie dich oft mit der Prophezeiung provoziert hat, du würdest es niemals schaffen. Als hättest du es nur deshalb so weit gebracht, um ihr das Gegenteil zu beweisen, um ihr verbissen zu zeigen, daß sie im Unrecht war. Es macht ihr Spaß, daß du in ihrer Macht stehst, auch wenn du dich dagegen wehrst und es nicht wahrhaben willst. Daß es ihr gelingt, auch dich wie eine Figur auf einem Schachbrett herumzuschieben."

Ich glaube, daß ich meine Bestürzung nicht ganz verbergen konnte, aber er bemerkte es nicht oder tat, als hätte er es nicht gesehen. Seinen letzten Worten konnte ich jedenfalls entnehmen, daß er wußte, wieviel Wahres daran war, daß der Ehrgeiz, über sie und ihren wohlbemessenen Spott zu triumphieren, mich angetrieben hatte, und es war nicht unwahrscheinlich, daß sie die treibende Kraft gewesen war, ohne daß es mir selbst lange Zeit bewußt gewesen wäre.

„Tu nicht so", sagte er, „als wärst du unbeschadet davongekommen. Sie hat uns beide verändert, und wir sind beide auf unsere Art verbittert, jeder auf ganz verschiedene Weise. Für einen Zyniker bin ich nicht geschaffen, und ich glaube, daß der Zynismus nur die Waffe ist, die du gewählt hast, um zu bestehen."

Ich wollte etwas erwidern, aber er brachte mich mit einer herrischen Handbewegung zum Schweigen.

„Ich glaube, wir haben genug Wahrheiten ausgetauscht", sagte er, und erst später fiel mir auf, daß nicht ich, sondern nur er es gewesen war, der die Wahrheiten ausgesprochen und mir bewiesen hatte, daß nichts von der Klarheit seines Verstandes verlorengegangen war und der Alkohol seine Mission völlig verfehlte, Dinge zu verwischen und unkenntlich zu machen, und daß das Trinken auf diese Weise letztlich ausschließlich der Selbstzerstörung diente.

„Sag mir nur noch eins: Worauf habt ihr getrunken? Als du dich umwandtest, habt ihr mit den Gläsern angestoßen. Worauf?"

17

Er lächelte, aber er sah dabei aus wie ein Todkranker, der um die kurze ihm verbleibende Zeitspanne sehr wohl weiß.

„Auf Julia", sagte er, erhob sein Glas und nahm einen tiefen Schluck.

Als ich ins Zentrum des Geschehens zurückkehrte, hatte die Situation eine dramatische Wendung erfahren. Der Dicke hatte beim letzten Rennen einen Herzanfall erlitten und lag jämmerlich keuchend auf dem Boden, mit aufgerissenem Hemd, unter dem sich eine entblößte Brust unrhythmisch hob und senkte. Manchmal verkehren sich Extreme in ihr Gegenteil, die Eindrücke verwirren sich. Der Anblick hatte etwas Urkomisches, wie er dort lag wie ein gestrandeter Wal, um sich herum hektische, sinnlose Aktivität. Die kleine Blondine hatte einen Weinkrampf, und der Norweger war ganz blaß und stammelte unzusammenhängendes Zeug. Das Hemd war ihm ganz aus der Hose gerutscht, und niemand fand die Situation geeignet, ihn darauf hinzuweisen. Nachdem der Arzt gerufen war, erging man sich in gegenteiligen Ratschlägen, wie dem Bedauernswerten am wirkungsvollsten zu helfen sei. Der Streit darum, ob eher die Beine oder der Kopf in Hochlage zu bringen wären, erinnerte mich an das Rätsel, ob die Kuh zuerst mit den Vorder- oder den Hinterbeinen aufsteht.

„Zehn zu eins, daß er es nicht durchsteht!"

„Gemacht."

Das Mädchen, das ihm vor kaum einer Viertelstunde noch die Sporen gegeben hatte, wurde hinausgeführt. Ich versuchte Steenbergen oder Julia in dem Durcheinander auszumachen. Er, der offenbar gleich nach mir das Zimmer verlassen hatte, war in der Nähe des am Boden Liegenden und versuchte die Übereifrigen zu beruhigen, aber von ihr konnte ich keine Spur entdecken.

Als der Arzt kam, entdeckte ich sie plötzlich am Rande der Menge. Ihre Wangen waren gerötet, und sie blickte neugierig auf den Tumult. Sie hatte keine Ahnung, was passiert war. Ich sah mich überall im Zimmer um, und da stand auch der Kerl im violetten Samtanzug, dem man seine Überraschung weniger ansah. Sobald der Arzt eine kurze Untersuchung beendet hatte, drängten sich zwei Männer mit einer Bahre durch die Menge, die den Kranken aufhoben und ihn eilig zum Notarztwagen trugen. Der Norweger hatte sein Hemd noch immer nicht in die Hose gesteckt und stand betroffen da. Offenbar fühlte er sich schuldig und war vielleicht unter Schock, aber niemand interessierte sich dafür. Zurück blieb eine schnatternde Menge, in der er sich unbeachtet verlor. Ich sah keinen Grund, länger zu bleiben.

Als ich den Raum durchquerte, entdeckte ich sie am Ausgang der Terrasse. Es wäre kindisch gewesen, sich umzuwenden und auf einem anderen Wege die Flucht zu ergreifen. An der Schwelle der weit geöffneten Flügeltüren sah sie mir mit einem wohlbemessenen Schuß Traurigkeit entgegen.

„Du willst gehen?"

„Es war ein unvergeßlicher Abend. Es wäre unverschämt, mehr zu erwarten. Und man soll doch immer gehen, wenn es am schönsten ist."

Sollte sie auf die Idee kommen, mir zum Abschied die Hand zu reichen, würde ich sie nicht nehmen. Ich wußte, daß ich dieses Haus zum letzten Mal betreten hatte, wie man manchmal Dinge einfach weiß, ohne Grund, aber aus tiefster Überzeugung. Und mein Entschluß stand fest. Sie würde mir die Hand reichen, zum Abschied, wie es ihre Gewohnheit war. Wir hatten uns immer förmlich die Hand gegeben, weil ich in ihrer Nähe nichts so sehr fürchtete wie den Drang, ihr alles zu verzeihen und mich ihr ganz zu überlassen.

Aber diesmal, sagte ich mir, würde es anders sein. Ich würde mich abwenden und gehen. Sie würde sich mir auf ihre unvergleichliche Art für einen Augenblick ganz nähern und die Hand ausstrecken, aber ich würde sie nicht nehmen und nur darauf herabblicken und ihr nicht einmal in die Augen sehen.

Sie würde dastehen, mit ausgestreckter Hand und ihr Lächeln lächeln.

Aber ich würde nur herabsehen auf ihre Hand, mich abwenden und gehen, ohne ein Wort. Sie nicht einmal ansehen.

Auf keinen Fall ihr in die Augen sehen.

Ein Funke in der Dunkelheit

Er hatte die Drohungen nie ernstgenommen. Jeder, der unter Druck steht, stößt Ankündigungen solcher Art aus: Sie werden schon noch sehen! – Sie werden es bitter bereuen! – Dafür werden Sie noch bezahlen! Es waren die üblichen Phrasen, die ein Moment äußerster Erregung hervorbringt, Drohgebärden und die Art großer Worte, die er seit seiner Schulzeit kannte. Er hielt nicht viel davon, war ihnen aber immer wieder begegnet. Es gehörte zum Geschäft, daß Leute die Nerven verloren, wenn ihnen das Wasser bis zum Hals stand, und sich benahmen wie aufgebrachte Straßenarbeiter. Die Verwandlung von smarten, seriösen Herrn mit teuren Krawatten zu Stammtischkrakeelern hatte immer etwas äußerst Faszinierendes, ja manchmal Komisches. Es gab einige Leute, die er in letzter Zeit in finanzielle Verlegenheit hatte treiben müssen, um seine eigenen Interessen zu wahren und in den schweren Zeiten als junger Unternehmer nicht selbst auf der Strecke zu bleiben. Die oder ich, so hieß das Gesetz.

Es war nicht leicht gewesen, die Firma aufzubauen, eine Sache, die viel Kraft und Zeitaufwand erforderte. Es hatte ihn einige Opfer gekostet, und er hatte gelernt, sich den Gegebenheiten anzupassen. Es hatte nicht eigentlich etwas damit zu tun, daß sein Idealismus versandete, aber bei aller Verachtung für die ungeschriebenen Gesetze der Branche mußte er ihre Gültigkeit wohl oder übel anerkennen.

„In der Geschäftswelt geht es nicht ganz ohne Blutvergießen."

Der Mann, der das gesagt hatte, war sein Partner und eigentlich sein Mentor gewesen, in der Phase des Aufbruchs, die alles entschieden hatte. Und so sehr sich alles in ihm dagegen sträubte: er hatte Recht gehabt. „Die Firmen schießen wie Pilze aus dem Boden", hatte dieser alte Mann verkündet, „aber die wenigsten von ihnen werden in zwei oder drei Jahren noch existieren."

Jetzt war er tot. Aber die Firma existierte noch. Personalvermittlung. Ein großzügiger Geschäftsraum in einem citynahen Bürohaus. Verglaste Fensterfront. Glastür am Eingang. Drei Angestellte an riesigen Schreibtischen. Ein kleines separates Büro. Alles schien sich zum Guten gewendet zu haben. Alles sah gut aus.

Dann hatte es begonnen, vor weniger als zwei Wochen: Anrufe, bei denen am anderen Ende niemand antwortete und ein unangenehmes Schweigen auf eine Art verunsicherte wie das Betreten eines dunklen, unbekannten Raumes. Jemand nahm Kontakt auf, kam einem anderen so nahe, als trete er neben ihn, aber man fand sich in der Unfähigkeit, etwas zu erkennen. Es war keine vollständige Stille, sondern ein unbestimmtes Rauschen, in dem man die Anwesenheit eines anderen Menschen spürte. Wie das befremdliche Gefühl, beobachtet zu werden, obwohl man niemanden sieht, war diese Gewißheit, von einem namen- und gesichtslosen – und sogar geschlechtslosen – Wesen belauscht zu werden, das sich einem aus einer künstlichen Dunkelheit näherte, von denkbar unbehaglicher Natur. Kindliche Assoziationen tauchten in seiner Phantasie auf, während er dieses Erlebnis auf sich wirken ließ: Ein Mann, der sich durch den Dschungel kämpfte, beobachtet von tausend unsichtbaren Augen, die Blasrohre schon auf sich gerichtet, während er noch seinen verschütteten Instinkt unbeholfen justierte wie ein Antenne. Während er monoton sein „Hallo!" in die Muschel rief, sah er vor sich das Bild eines Heimkehrenden, der in seiner Wohnung Einbrecher wähnt, die er durch seine sinnlosen Rufe nur warnt, die scheinbar ungehört durch Treppenaufgänge oder Korridore hallen, während schon Läufe von Pistolen auf ihn gerichtet sind. Er mußte über diese Phantasiebilder hinterher immer lächeln.

Die Stille, die ihm entgegenschlug, war unheimlich und beschwor eine Millionen Jahre alte Angst aller menschenähnlichen Wesen herauf: seinen Gegner nicht sehen und nicht fassen zu können, sich auf irgendeine Art einem anderen ausliefern zu müssen. Manchmal, in diesem sachten, kaum wahrnehmbaren Rauschen, glaubte er außer einem leisen Knacken das Atmen eines Menschen zu vernehmen. Die Ohnmacht, diesen Menschen greifbar zu machen, brachte Regungen elementaren Zorns in Wallung, doch wenn das laute Knacken ertönte, das ein aufgelegter Hörer verursacht, schnürte sich ihm jedesmal die Kehle zu. Er hatte sich schon früher mit der Frage beschäftigt, warum das Beenden eines Gesprächs in dieser Weise zu den beklemmendsten Erlebnissen gehörte.

Zunächst hatte er sich noch keine Gedanken darüber gemacht. Schließlich war es nicht das erste Mal in seinem Leben, daß sich jemand verwählte, ohne eine Entschuldigung für nötig zu befinden, oder daß Halbwüchsige ihn bloß aus dem Bett holen wollten, jemand bloß kontrollierte, ob er zu Hause war. Aber irgendwann glaubte er zu entdecken, daß sich diese Anrufe häuften und sich neuerdings täglich wiederholten. So gab er die anfänglichen Versuche der Kommunikation auf und sparte sich sein sinnloses „Hallo!". Er ging dazu über, den Hörer aufzulegen, sobald er keine Antwort erhielt, aber er entdeckte, daß er es hastig und unkontrolliert tat. Er zwang sich dazu, sich nicht mit Beschimpfungen und Wutausbrüchen aufzuhalten, die dem Unbekannten am Ende noch Vergnügen bereiteten.

Als die Belästigungen sich nach einigen Tagen nicht legten, ging er in Gedanken diejenigen durch, denen diese Verfahrensweise zuzutrauen war. Es kamen ihm drei oder vier seiner Geschäftspartner in den Sinn, die Grund hatten, auf ihn wütend zu sein, und ebenso viele weitere, mit denen er am Rande zu tun gehabt hatte. Aber darüber hinaus hatte er eine ganz andere Befürchtung, die er noch heftig zu ersticken versuchte.

Bis zu einem gewissen Zeitpunkt mußte er auch immer noch für möglich halten, daß es sich bloß um einen üblen Scherz oder eine zufällige Aktion milden Telefonterrors handelte. Vor Monaten hatte einmal ein unbekannter Witzbold seinen Anrufbeantworter über Wochen mit Obszönitäten besprochen, die nicht einmal unamüsant gewesen waren. Der Mann hatte erzählerisches Talent gehabt, das ihn zu den detaillierten Beschreibungen seiner sexuellen Phantasien befähigte. Wenn es tatsächlich eine Affäre und eine Frau gab, die den Hintergrund für seine amourösen Abenteuer bildete, dann war sie entweder zu bedauern oder zu beneiden, je nachdem, ob sie die geschilderten Sexualpraktiken verabscheute oder befürwortete. Vor Jahren hatte eine anonymer Anrufer eine Bekannte regelmäßig durch Anrufe belästigt, die nur aus einer Art Todesröcheln bestanden, ein armer Irrer, dessen Psychogramm er sich nicht auszumalen wagte.

Doch dann, eines Abends, glaubte er in der Tiefgarage Schritte zu hören, die nicht seine eigenen waren, die aber aufhörten, sobald er selbst stehen blieb, um zu lauschen, und wieder in den Rhythmus seiner Schritte einlenkten, sobald er weiterging.

Hinterher kam es ihm idiotisch vor. Hätte jemand es wirklich auf ihn abgesehen, dann würde er sicherlich eine schleichende Gangart vorziehen oder sich an günstiger Stelle schon vorzeitig verborgen halten. Dennoch schien es nicht mehr der

Klang allein seiner eigenen Schritte zu sein, den er schließlich nur zu genau kannte.

Am nächsten Tag, auf dem Weg zu seinem Wagen, hatte er wieder das gleiche Empfinden, daß ihn jemand verfolgte und unsichtbar hinter ihm blieb. Da war es, dieses Gefühl, beobachtet zu werden, das er von Leinwandhelden auf Expedition durch die Urwälder am Amazonas kannte. Man spürte schließlich auch, wenn jemand, der im gleichen Raum saß, einen plötzlich anstarrte, und er wurde diesen Eindruck nicht los, daß jemand jede seiner Bewegungen beobachtete, und er hatte zum erstenmal Angst.

Am darauf folgenden Tag erwischte er sich dabei, wie er am Abend, nachdem bereits alle Mitarbeiter gegangen waren, die Schritte der Sekretärin im Nachbarbüro abpaßte, wenn sie auf den Korridor trat und mit einem schweren Schlüsselbund geräuschvoll die Bürotür verschloß. Er stürmte sofort hinaus, scheinbar zufällig, täuschte Überraschung vor und manövrierte sich in ein belangloses Gespräch mit der hageren, ein wenig kränklich aussehenden jungen Dame mit den hübschen blonden Locken, das er mit dem Vorschlag unterbrach, doch gemeinsam hinunter in die Tiefgarage zu gehen, wo ihr Wagen nur ein paar Plätze neben seinem stand. Sie willigte mit ungespielter Begeisterung ein, denn, so unterrichtete sie ihn ausführlich, während sie den Weg durch die Korridore abschritten und sich im Aufzug unnatürlich nahe gegenüberstanden, der Gang durch die Tiefgarage bereite ihr jedesmal Unbehagen. Man wisse ja, was an solchen Orten alles passiere, und ihr als Frau wäre es lieber, den Wagen auf offener Straße zu parken, wenn dort je eine reelle Chance auf einen Parkplatz bestände. Ohne rechtes Interesse bekundete er Verständnis für ihre Ängste, und als sie durch die Tür in die Garage traten, begann er aufmerksam zu lauschen. Das Mädchen, das selten hohe Absätze trug, weil sie eher bestrebt war, auf diese Weise ihre Körpergröße zu kaschieren, machte beim Gehen kaum ein nennenswertes Geräusch. Das trockene, eher scharrende Aufsetzen ihrer Sohlen hörte er neben seinem eigenen, kaum geräuschvolleren Schritt in deutlichem Kontrast, aber diesmal war er ganz sicher: Da waren noch andere Schritte, die sich nicht entfernten oder an einem der geparkten Wagen endeten, sondern seine eigenen zeitgleich begleiteten. Schweiß trat ihm auf die Stirn, und die Erkenntnis, daß jemand ihn auf Schritt und Tritt verfolgte und durch anonyme Kontrollanrufe überwachte, schnürte ihm für einen

Moment die Kehle zu, so daß das Mädchen es bemerkte und ihn fragte, ob alles in Ordnung sei. Er verabschiedete sich von ihr in demonstrativer Unbeschwertheit und lenkte seinen Wagen unmittelbar hinter ihrem die Rampe hinauf.

Nur einige Straßen weiter blieb er stehen, parkte den Wagen auf einer Allee zwischen den Bäumen und versuchte zur Ruhe zu kommen. Er öffnete das Fenster und atmete erleichtert die kühle hereinströmende Luft, die wegen ihres Gehalts an Abgasen zu dieser Reaktion eigentlich keinen Anlaß gab. Er versuchte sich damit zu beruhigen, daß alles nur Zufall wäre oder auf Einbildung beruhte, daß seine Nerven überreizt waren und er zu viele Krimis gesehen hatte, die seine übermäßig lebhafte Phantasie allzu sehr befruchtet hatten. Der Dunkelheit der Tiefgarage entkommen, machte für ihn im Sonnenlicht alles einen weit weniger bedrohlichen Eindruck.

Als er weiterfuhr, bemerkte er im Rückspiegel einen Wagen, der hinter ihm startete und sich in den Verkehr einfädelte, ungeachtet des Stroms herankommender Autos, dessen Fluß er mit seinem hastigen Manöver zwangsläufig behinderte. Er versuchte sich zu erinnern, ob er diesen Wagen schon einmal gesehen hatte, kam aber zu keinem Ergebnis. Ziemlich schnell beschloß er, einen komplizierten Weg zu nehmen, um Gewißheit zu erlangen, und nur ein paar Straßen weiter, als er kreuz und quer durch eine verkehrsberuhigte Zone mit Geschwindigkeitsbarrieren fuhr, gab es keinen Zweifel: Der Wagen folgte ihm in wohlbemessener Entfernung. Einen Augenblick verwirrten sich seine Gefühle, und ein hysterisches Kichern zollte einer gewissen Komik der Situation Tribut: Sollte er ihn „abhängen" und mit quietschenden Reifen an Kreuzungen Haken schlagen wie ein Fernsehheld in einem amerikanischen Straßenkreuzer? Das alles war zu irrsinnig und zu grotesk. Schließlich hielt er ganz einfach an, und als er den Wagen an sich vorbeifahren sah, gab ihm das den Rest der Illusion, daß alles nur ein unglücklicher Zufall war.

Natürlich war ihm seine Anspannung immer mehr anzumerken, und neugierige Fragen waren unausweichlich. Esther war eine fröhliche, temperamentvolle Frau, die sich an seine Schweigsamkeit gewöhnt hatte und den Großteil der Konversation unbekümmert selbst besorgte, doch sie spürte immer, wenn etwas nicht in Ordnung war, wenn ein Problem ihn quälte oder etwas ihm die Laune verdorben hatte. Sie selbst kannte kaum

Launen und schien in ihrem eigenen Beruf – sie war Verkäuferin in einer Boutique – keine Schwierigkeiten zu haben oder aber besaß die bemerkenswerte Fähigkeit, sie beim Betreten der Wohnung mit dem Straßendreck auf der Fußmatte von sich abzustreifen. Er war diesmal aufs Äußerste entschlossen, die Wahrheit vor ihr zu verheimlichen, und tat es mit einer Konsequenz, die ihn selbst erstaunte. Obwohl sie ihn mißtrauisch betrachtete und nicht aufhörte, mit bohrenden Bemerkungen zu sticheln, ging er ganz auf in der Rolle des bloß überarbeiteten Geschäftsmannes. Dies beraubte ihn allerdings einer Möglichkeit, die er zu gerne genutzt hätte: Er hätte Esther zu gerne gefragt, ob auch sie zu Hause während seiner Abwesenheit oder gar in ihrem Geschäft mit anonymen Anrufen belästigt wurde. Aber selbst wenn er sich noch so unauffällig danach erkundigt hätte, wäre eine Kanonade neugieriger und erbarmungsloser Fragen die Folge gewesen. So hoffte er bloß, daß sie selbst die Sprache darauf bringen würde, und hoffte es andererseits doch eher nicht.

An diesem Abend sah er ab und zu aus dem Fenster, ob er dort etwas Ungewöhnliches entdecken konnte. Zu seiner nur sehr ungenügenden Beruhigung sah er dort keinen schattenhaften Fremden mit hochgeschlagenem Kragen im Lichtkegel einer Laterne stehen und bemerkte auch sonst nichts Besonderes, aber gegen 22 Uhr erfolgte ein weiterer der geheimnisvollen Anrufe, und diesmal legte der Unbekannte nicht auf, sondern wartete. Ein unwirklich langes Schweigen entstand, das zu einem Kräftemessen auszuarten schien, wer es länger aushalten würde, ohne etwas zu sagen, und plötzlich hörte er sich wie losgelöst von sich selbst und seinem eigenen Willen drohend flüstern: „Sehen Sie sich vor!", und noch einmal, bestimmter und schneidender: „Sehen Sie sich vor!"

Esther kam aus dem Schlafzimmer und fragte: „Wer war es denn?" Und er antwortete nur mit der Gelassenheit eines guten Schauspielers. „Ach, niemand. Nur wieder unser Witzbold."

„Was hast du gesagt? Du hast doch mit ihm gesprochen."

„Ich habe ihm ein nettes Wort gesagt. Eine meiner phantasievollsten Bezeichnungen."

Esther schien dieses Geheimnis nicht zu interessieren und sie setzte an zu einem Monolog, offenbar bezüglich der Anrufe, aber er hörte kein Wort davon und wurde als Empfänger wohl auch nicht benötigt, da keine Fragen oder Rückversicherungen erfolgten.

Nachts lag er da, mit offenen Augen, die Arme unter dem Kopf verschränkt, während sie neben ihm heftig atmete wie ein Kind. Er war jetzt sicher, daß sie ihn verfolgten. Irgendetwas an der Sache mußte herausgekommen sein, wenn er sich auch beim besten Willen nicht erklären konnte, auf welche Weise. Es ging gar nicht um beleidigte Geschäftspartner, die er mit Rücksichtslosigkeiten um Einnahmen geprellt hatte, dessen war er jetzt sicher. Es waren nicht seine kleinen Gaunereien, sondern das große illegale Geschäft, an dem Unheil klebte, denn seit man ihm vor Monaten in verlockenden Worten den Vorschlag unterbreitet hatte, war er ein ungutes Gefühl nicht losgeworden, das Gefühl, daß er in etwas hineinschlitterte, das außerhalb seiner Kontrolle lag. Es mußte etwas ans Licht gekommen sein, irgendwo hatte es eine undichte Stelle gegeben – ein indiskreter Mittelsmann, ein unzufriedener Auftraggeber –, und jetzt waren sie ihm auf den Fersen, möglicherweise nicht nur ihm, aber das war ein sehr schwacher Trost. Er hätte sich nie auf diese Art von dunklen Geschäften einlassen sollen, und seine Weigerung, sich weiterhin daran zu beteiligen, mochte ebenso sehr der Grund sein, daß man jetzt Druck auf ihn ausübte. Vielleicht hielt man ihn selbst für den Urheber einer verräterischen Handlung oder einer Indiskretion. Er bereute seine Schwäche in jeder Hinsicht und war dem Heulen nah wie ein Kind, das etwas angestellt hat, ohne die Folgen zu bedenken.

Als er am nächsten Tag mit geröteten Augen und völlig erschöpft in seinem separaten Büroraum saß, nahm er aus der alten Geldkassette im Schreibtisch den Revolver, den er seit seinem Einzug vor mehr als drei Jahren dort deponiert hatte, ohne ihn jemals zu benötigen oder überhaupt nur an ihn zu denken, schob eines der Magazine ein und ließ ihn in die Innentasche seines Jacketts gleiten. Es wurde ihm klar, daß sein Verstand schon lange mit diesem Gedanken gespielt und einen entsprechenden Entschluß in Wahrheit gefaßt hatte, ehe er sich dessen bewußt werden konnte. „Sehen Sie sich vor!" hatte er kalt und entschlossen ins Telefon geflüstert, zweimal, wie unter Hypnose, und jetzt erinnerte er sich, daß da eine Bewegung am anderen Ende der Leitung gewesen war, ein Geräusch wie das Rascheln von Kleidung, das Schaben eines Hemdärmels am Revers eines Mantels oder die Berührung der Muschel mit einem Hemd oder dem Aufschlag einer Jacke in einem Moment der Überraschung, eine ungeplante, unbeherrschte Bewegung, ungewolltes Signal einer Anwesenheit, der Anwesenheit eines

Phantoms, das menschliche Züge annimmt, ein Spieler, der durch das Zucken eines Mundwinkels bereits alles aufs Spiel setzt.

Esther hatte die Veränderung im Wesen ihres Mannes bemerkt, sich aber tatsächlich keine weiteren Gedanken darum gemacht. Es war ihre Art, Dinge endgültig zu den Akten zu legen, wenn sie sich einmal entschlossen hatte, daß sie keiner weiteren Aufmerksamkeit bedurften. Der Grund war, daß sie ständig den Kopf voller Pläne hatte und immer eine Liste von Vorhaben im Kopf, von denen sie ohnehin nur die Hälfte bewältigen konnte. Die Kinder und ihre Halbtagsstelle nahmen den Großteil ihrer Energie in Anspruch. Die Hausarbeit und die Schulangelegenheiten blieben meist an ihr hängen und machten ihre Tage manchmal zu einer Tortur. Aber sie wollte gerade jetzt nicht auf ihre Berufstätigkeit verzichten, da beide Jungen endlich groß genug waren, zur Schule zu gehen, und obwohl Ramon mittlerweile gut verdiente und sie sich allein von seinem Gehalt eine große Wohnung in einem der besseren Stadtviertel leisten konnten. Ihre Ängste hatten sich nicht bewahrheitet, und die Firma hatte schon bald Gewinne abgeworfen, die ihre Erwartungen übertrafen und die sie sich kaum erklären konnte. Auch wenn längst ein Haus in den Vororten im Bereich ihrer Möglichkeiten lag, zogen sie es vor, weiter in der Stadt zu leben.

Im Augenblick war sie mit den Vorbereitungen für seinen 40. Geburtstag beschäftigt. Es sollte kein gewöhnliches Fest werden wie in den anderen Jahren – in denen meistens überhaupt keins stattgefunden hatte – sondern etwas ganz Besonderes, ein Ereignis, das dem Anlaß angemessen war, und sie brütete schon lange mit großem Vergnügen darüber. Entgegen der scheinheiligen Verabredung, es in diesem Jahr wie gewöhnlich ruhig angehen zu lassen und keine große Sache daraus zu machen – Ramon haßte jedes Getue um seine Person – hatte sie bereits heimlich einige Freunde eingeladen, bei deren Anblick ihm die Augen aus dem Kopf fallen würden: Es waren zwei seiner ältesten und besten Freunde darunter, die er seit mehr als zehn Jahren nicht gesehen hatte. Sie traf die Vorbereitungen mit kindlichem Eifer, hatte ein kleines Bufett bestellt und die Kinder auf Stillschweigen eingeschworen, zahlreiche Telefonate mit den Gästen geführt und sie dazu verpflichtet, selbst dann kein Wort zu verraten, falls es zu einem unvorhergesehenen telefonischen Kontakt kommen sollte.

In ihrem Kopf lief alles immer wieder ab wie ein Film: Am Samstagabend würde sie ihn unter irgendeinem Vorwand fortschicken, und wenn er zurückkäme, würden bereits alle auf ihn warten, um mit ihm in den Geburtstag hineinzufeiern. Am Sonntag würde er zu leicht darauf kommen, daß irgend etwas im Gange wäre, aber am Samstag, einen Tag vor dem Geburtstag, würde er bestimmt keinen Verdacht schöpfen. Sie mußte dafür sorgen, daß er wenigstens eine Stunde weg blieb, zu einer festgesetzten Zeit, in der der Partydienst und die Gäste – mit großem Nachdruck auf Pünktlichkeit – bestellt waren. Sie wagte sich gar nicht auszumalen, was passierte, wenn irgend etwas ihn daran hinderte, zur geplanten Zeit die Wohnung zu verlassen, oder wenn er, wie allgemein üblich, Dinge wie Geld oder Autoschlüssel vergaß und noch einmal zurückkam. Sie würde also selbst darauf achten müssen, daß er alles bei sich hatte. Einige ihrer gemeinsamen Freunde würden dann bereits in einem nahen Café warten und fünf Minuten später schon in der Wohnung sein – von den anderen konnte sie nur hoffen, daß sie sich nicht verspäteten. Sein ältester Freund hatte eine ziemlich weite Anreise, hatte aber versprochen, ebenfalls bereits früher in der Stadt zu sein und sich der Gruppe im Café anzuschließen. Alles war bis ins Kleinste geplant. Wenn Ramon nach Hause kam, würde er ein Feuerwerk von Wunderkerzen und einen Orkan der Glückwünsche aus völliger Stille heraus erleben, wie sie es einmal in einem amerikanischen Film gesehen hatte. Vielleicht hatte ihr nichts in ihrem Leben jemals so viel Spaß gemacht wie diese Inszenierung. Es war etwas dran, daß Schenken und Vorbereiten einer Überraschung dem Initiator die größte Freude bereitete.

Einen Brief, der soeben angekommen war, steckte sie zu den gut verborgenen Geschenken, ein großer weißer Umschlag ohne Absender, durch den Worte in groß geschriebener Schrift unlesbar durchschimmerten. Gewiß eine zu früh eingetroffene Gratulationskarte eines Geschäftspartners oder eines Freundes, die zu öffnen sie sich nicht ohne weiteres befugt fühlte.

Am Mittwoch hatte er den Wagen noch einmal bemerkt, vielmehr einen anderen Wagen, der ihm aber ebenso deutlich folgte wie der vorige. Zwischendurch hatte er schon geglaubt, ihn los zu sein, aber dann war er wieder da gewesen. Auch jetzt hatte er, wie beim ersten Mal, den Mann am Steuer nicht genau erkennen können. All das überzeugte ihn um so mehr davon, daß nicht bloß ein armer Spinner hinter ihm her war, der ihm Angst einzujagen versuchte, sondern daß Professionelle ihn regelrecht beschatteten. Bei Verdacht auf Wirtschaftskriminalität wurden gewöhnlich Detektive eingesetzt, aber soviel er bereits darüber wußte, nicht auf diese Art, nicht mit Verfolgungen über rote Ampeln, mit einem Phantom in der Tiefgarage und schon gar nicht mit dem Psychoterror geheimnisvoller Anrufe – oder doch? Es wäre ihm fast lieber gewesen, wenn ihm nur von dieser Seite Gefahr drohte. Die andere Version war viel alarmierender. Wenn gewisse Kreise der Unterwelt ihm auf die Spur gekommen waren, dann war das Szenario eines Gangsterfilms für ihn Wirklichkeit geworden und er hatte keine berechtigte Hoffnung, daß diese Phänomene grundlos waren und sich im Sande verlaufen würden.

Am Donnerstagmorgen, als er den Wagen in der Tiefgarage abstellte, entdeckte er in der Anwesenheit einiger Angestellter im Gebäude, die ihre Autos parkten, eine nur scheinbare Sicherheit. Wie immer würde er am späten Nachmittag in eine Kulisse der Einsamkeit treten, nur dann und wann unterbrochen durch meist fernes Zuschlagen einer Autotür und das Geräusch eines Motors, das die Bedrohlichkeit der Situation nur verstärkte, wenn es nicht mit Sichtkontakt verbunden war. Es bestand kein Zweifel, daß dies der günstigste Ort war für eine Vollstreckung. Aber wie war man ihm auf die Spur gekommen?

Er beschloß, sich an den Kontaktmann zu wenden, den er damals dreimal unter abenteuerlichen Umständen getroffen hatte. Er mußte die Verbindung aufnehmen und klarmachen, daß er nie ein Wort über die Sache hatte verlauten lassen und daß es keinen Grund gab, ihn für irgend etwas zur Rechenschaft zu ziehen. Und auch wenn ihm Gefahr von ganz anderer Seite drohte, war es vielleicht gut, wenn diese Leute davon erfuhren. Vielleicht konnten sie ihm helfen, vielleicht irgend etwas tun, um dem Spuk ein Ende zu machen.

Doch als er die Nummer wählte, teilte man ihm mit, daß der gewünschte Gesprächspartner zur Zeit nicht zu erreichen sei. Als er noch einmal anrief und die Wichtigkeit der Angelegenheit betonte, verband man ihn endlos weiter, bis eine kalte Männerstimme ertönte.

„Es tut mir leid, aber uns wurde versichert, daß jemand Ihres Namens hier ganz unbekannt ist. Nein … Sie können nicht selbst mit ihm sprechen. Er ist zur Zeit für niemanden zu sprechen. Und … rufen Sie nicht mehr an!"

Der einzige, zu dem ihm Kontaktaufnahme überhaupt möglich war, ließ sich verleugnen und gab vor, ihn nicht zu kennen. So war es verabredet gewesen, und er hatte mit seinem Versuch nur einen weiteren Verstoß gegen Abmachungen begangen. Während er im Büro vor sich hin brütete, ohne überhaupt je zu arbeiten, und wichtige Termine platzen ließ, drehten sich seine Gedanken im Kreis. Was, wenn man seine Familie bedrohen, seiner Frau und seinen Kindern etwas antun würde? Am Nachmittag brabbelte er volle fünf Minuten lang immer einen einzigen Satz vor sich hin.

Wenn sie nur Esther und die Kinder aus dem Spiel lassen ...

An diesem Tag beschloß er, seine Angestellten früher nach Hause zu schicken und das Büro selbst vor der Zeit zu verlassen. Dreyer und Mitka waren noch da. Als er hinüberging und es ihnen eröffnete, starrten sie ihn ungläubig an und reagierten erst auf seine nachdrückliche Bestätigung, doch sichtlich verunsichert. Peinlichkeit lag in der Luft. Man verabschiedete sich hastig und ging. Es war das erste Mal, daß er so früh das Feld räumte, wo er sonst als kleiner selbständiger Unternehmer, der immer noch ziemlich am Anfang stand, oft bis in den Abend hinein anwesend sein mußte, um konkurrenzfähig zu bleiben und seine Firma aus den ersten gefährlichen Jahren hinauszumanövrieren.

In den Korridoren traf er entgegen der Gewohnheit noch einige Angestellte und mußte eine Zeitlang auf den Lift warten, der sonst schon nach Sekunden kam oder bereits auf ihn wartete, aber als er den Durchgang zur Tiefgarage erreichte, sah er wie sonst auch keinen Menschen mehr. Er wartete, bis mit dem nächsten Lift zwei Männer das Tiefgeschoß erreichten und ging hinter ihnen hinüber in die Garage, ohne von ihnen überhaupt beachtet zu werden. Als er die Tür hinter sich hatte, verschwanden sie in die entgegengesetzte Richtung und waren Sekunden später im Parallelgang zwischen den Säulen verschwunden. Ihre Schritte klangen von sehr weit her bis zu ihm herüber und verhallten schließlich ganz. Irgendwo schlugen kurz hintereinander zwei Autotüren zu, aus einer anderen Richtung kreischte beim Anfahren ein Keilriemen. Als völlige Stille einkehrte, wurde er sich bewußt, daß er stocksteif, an die Wand gepreßt, neben der Tür dastand und angestrengt lauschte. Seinen Wagen konnte er nicht sehen – er stand in einiger Entfernung in einem der nächsten Gänge auf der linken Seite. Wieder hörte er von irgendwoher Schritte, diesmal auch Stimmen, sah schließlich sogar weit entfernt zwischen den Säulen drei Männer in dunklen Anzügen auf dem Weg zu ihren Fahrzeugen. Als die Motorengeräusche verklungen und alles ruhig war, gab er sich einen Stoß und ging ein paar Schritte, aber sein Herz pochte spürbar, und er mußte gegen den Drang ankämpfen, sich hastig umzuwenden. Er war sich seiner Sinne nicht mehr sicher. Diesmal konnte er nicht mit Sicherheit sagen, daß ihm Schritte folgten, aber er konnte es auch nicht ausschließen. So blieb er stehen und horchte und bog schließlich nach links in den nächsten Gang ein, bis er den Wagen sehen konnte.

Sein Herz stockte: Er hatte zwischen den Fahrzeugen in dieser Richtung einen Schatten bemerkt, eine hastige Bewegung, ohne daß er einen Laut gehört hätte. Irgend etwas hatte sich dort bewegt. Im nächsten Augenblick hatte er hinter einer Säule Schutz gesucht und mußte sich beherrschen, den Revolver nicht aus der Innentasche seines Jacketts zu ziehen. Vermutlich wäre er stundenlang unbeweglich stehen geblieben, wenn nicht aus einem der Zugänge zwei Frauen getreten und in angeregter Unterhaltung beinahe auf ihn zugekommen wären. Eine von ihnen grüßte ihn sogar, als er schon eilig den Rückweg zum Ausgang angetreten hatte, von dem er gekommen war.

Er beschloß, mit der Bahn nach Hause zu fahren und den Wagen stehenzulassen. Ihm würde schon eine Ausrede einfallen, wenn es deswegen Fragerei geben sollte. Das einfachste war, ihn für defekt zu erklären und zu behaupten, er befinde sich in der Werkstatt. Als er zwischen den Menschen in der Straßenbahn saß, sah er sich in einer Art nachgebesserter Wirklichkeit, wie er mit dem Revolver auf seinen Wagen zuging und durch lautes Rufen den Unbekannten aufforderte, sich zu zeigen, doch dieses Bild zerplatzte wie eine Seifenblase. Es stimmte, er war nicht besonders mutig veranlagt, aber er war schon gar nicht lebensmüde und konnte genügend vernünftige Gründe für seine Handlungsweise anführen, um sein rumorendes Gewissen zu beruhigen. Aber ein Zittern am ganzen Körper konnte er nicht unterdrücken. Unauffällig musterte er die Insassen der Straßenbahn und schied die Objekte in Harmlose und Verdächtige. Einem dunkelhäutigen, arabisch aussehenden Mann mit vernarbtem Gesicht waren alle Verbrechen zuzutrauen, und ein junger Mann, der aussah wie ein Student, wandte dann und wann den Kopf, um zur Seite zu blicken. Plötzlich begriff er, daß das kein Spiel war: Er befand sich in Lebensgefahr, und er konnte nicht einmal zur Polizei gehen, ohne sich womöglich selbst damit ans Messer zu liefern. Zwar hatte er bereits an diese Möglichkeit gedacht und in Gedanken auch in Kauf genommen, sich selbst zu schaden, aber er war Realist genug, um zu wissen, daß von dieser Seite keine Hilfe zu erwarten war. Die Polizei handelte erst dann, wenn etwas geschehen war, und es war nichts geschehen. Sollte er mit dem Hinweis auf ein Dutzend anonymer, wortloser Anrufe Polizeischutz fordern? Es war nicht einmal ein Drobrief gekommen, sonst hätte Esther es ihm sicher längst gesagt.

Er sah das Wochenende rettend vor sich auftauchen, zwei Tage, an denen er sich vor der Welt verbergen und in Ruhe nachdenken konnte. Alles, was er zunächst tun mußte, war, den nächsten Tag zu überstehen. Die Möglichkeit, überhaupt nicht zur Arbeit zu gehen, fiel aus. Esther wußte dann definitiv, daß etwas nicht stimmte. Und sich ihr gegenüber krank zu stellen, konnte er sofort abhaken. Er dachte nicht einmal ernsthaft an diese Möglichkeit. Er würde mit der Bahn zur Arbeit fahren und sich den ganzen Tag in seinem Büro vergraben, Päckchen und Briefe nicht ohne einen Sprengstoffexperten öffnen und am Abend unter einem Vorwand jemanden bitten, seinen Wagen aus der Garage zu fahren, irgend einen Kerl aus den Büros, der froh war, ihm einen Gefallen zu erweisen. An vereinbartem Ort würde er das Auto übernehmen und damit nach Hause fahren. Er mußte einen Weg finden herauszubekommen, was los war und wer ihn da in die Enge trieb. In der nächsten Woche konnte er einen Detektiv damit beauftragen, das herauszufinden und seinen Verfolger mit den eigenen Mitteln bekämpfen.

Und er mußte noch einmal Kontakt aufnehmen. Irgendwie mußte er sie davon überzeugen, daß er jetzt bereit war, weiterzumachen und auf ihre Bedingungen einzugehen. Er war bereit, fast alles zu tun, wenn damit dieser Albtraum endlich wieder aufhörte.

Am Samstagabend war er entgegen seiner Planung gezwungen, das Haus zu verlassen, um für Esther eine Besorgung zu machen. Sie behauptete, wichtige Lebensmittel vergessen zu haben, die sie für das morgige Geburtstagsessen im Kreise der Familie dringend benötigte, und übergab ihm eine Liste. Seinem Einwand, daß um diese Zeit auch das letzte Geschäft bereits geschlossen habe, begegnete sie mit dem Hinweis auf den Laden im Hauptbahnhof, der bis in die Nacht geöffnet war und dessen überhöhte Preise sie in Kauf zu nehmen bereit war. Er zeigte seine Verärgerung darüber nicht so, wie er es gerne getan hätte, denn sein oberstes Gebot war immer noch, seine Familie in Sicherheit zu wiegen und niemanden Verdacht schöpfen zu lassen. Der Gedanke, die Wohnung zu verlassen, war ihm denkbar unangenehm, aber die Idee, sich verstockt zu zeigen und Esther selbst mit dem Wagen loszuschicken, verwarf er sofort wieder, da sie mit der Angst verbunden war, daß ihr an seiner Stelle etwas zustieß. Sie hatte sich glücklicherweise nicht mehr um seine unvermeidbare Nervosität gekümmert, die sich in erhöhtem Alkoholkonsum und in unbedachten Augenblicken im Auf- und Ablaufen in der Wohnung zeigte. Er hatte keine Zeit gehabt, sich darüber zu wundern.

Mißmutig machte er sich auf den Weg zum Hauptbahnhof. Er ließ den Wagen stehen und nahm wiederum die Straßenbahn. Unter den Menschen fühlte er sich sicherer, wenn er auch versuchte, einen seiner „Verdächtigen" vom letzten Mal ausfindig zu machen. Er hatte in den letzten Nächten schlecht geschlafen und übel geträumt, und teilnahmslos lehnte er in völliger Erschöpfung den Kopf gegen das Fenster und starrte hinaus in die verregnete Großstadt-Szenerie.

Zu seinem großen Erstaunen erwachte er durch das sanfte Rütteln des Fahrers, der ihn darauf aufmerksam machte, daß die Endstation, eine der Vorstädte Kilometer entfernt von seiner Wohnung, erreicht sei. Erschrocken sah er auf die Uhr. Allzuviel Zeit war nicht vergangen. Er stolperte hinaus auf einen Platz mit einem Kiosk, der geschlossen war, in eine Kulisse der Verlassenheit. Kein Mensch war zu sehen. Sofort ergriff ihn Panik. Der Anblick eines Taxis in einer Haltebucht ließ ihn einen schnellen Entschluß fassen.

Tatsächlich war er in zwanzig Minuten zurück im Zentrum und ging ohne Verzögerung daran, seinen Auftrag zu erledigen. So irrte er zwischen gutsituierten Damen mit beringten Fingern, Pennern auf der Suche nach billigem Rotwein, Durchreisenden und verzweifelten Studenten, die vergessen hatten einzukaufen, durch die Regale und hakte nach und nach die Punkte auf seiner Liste ab.

Als er mit der Straßenbahn die Haltestelle in der Nähe seiner Wohnung erreichte, waren etwa zwei Stunden vergangen. Er ging schnellen Schrittes die kurze Strecke bis zur Haustür, schloß auf und betrat das Treppenhaus. Vermutlich war oben niemandem aufgefallen, daß er den Wagen gar nicht benutzt hatte, deshalb würde er es am besten nicht erwähnen.

Während er vor dem Aufzug wartete, hatte er wieder dieses unheimliche Gefühl, beobachtet zu werden. Als er angestrengt lauschte, hörte er knarrende Schritte, die sich anscheinend langsam näherten. Sobald sich die Aufzugtür öffnete, zwängte er sich durch den entstehenden Spalt und drückte überhastet den Knopf für die 5. Etage. Es dauerte eine Ewigkeit, bis sich die Türen wieder schlossen und er endlich den vertrauten Ruck spürte, als sich die Kabine in Bewegung setzte.

Sofort überfiel seine überreizte Phantasie eine Vision: Was, wenn plötzlich der Fahrstuhl anhielt und die Lichter ausgingen? Die ganzen letzten Tage hatte er über die verschiedenen Möglichkeiten nachgedacht, jemanden umzubringen: Er hatte dunkle Gestalten mit schallgedämpften Handwaffen vor sich gesehen, Unbekannte, die als Handwerker getarnt sein Büro betraten, hatte Kaffeetassen mißtrauisch beäugt und sich an Briefbomben-Unfälle und explodierende Autos erinnert, die es immerhin nicht bloß in Kriminalfilmen gab, sondern auch in der Wirklichkeit. Jetzt stand er allein in einem Aufzug, in dem noch die Spur eines süßlichen Parfümdufts hing, das Licht flackerte einen Moment, und er versuchte sich auszumalen, wie die Kabine durch den Schacht in die Tiefe sauste und ihn zu Brei zerquetschte. Als sich oben die Türen wieder öffneten und er in einen menschenleeren Korridor trat, mußte er kurz lächeln, bevor ihm allein die Stille wieder bedrohlich vorkam und er sich beeilte, zu seiner Wohnung zu kommen.

Er fühlte den Schweiß unter seinen Achseln, als er aufschloß. Dann trat er in die schwach erleuchtete Garderobe – eine der Glühbirnen war offenbar durchgebrannt – und stellte seine Last auf dem kleinen Schrank ab, hängte den Schlüssel ans Brett und seinen Mantel über einen der Bügel. Große Erleichterung befiel ihn und er atmete hörbar aus. Er rief die Sensation seiner Ankunft lautstark in das Innere der Wohnung, aber niemand antwortete. Etwas verblüfft ging er den kurzen Flur hinunter zum Wohnzimmer, das zu seiner Überraschung in völliger Dunkelheit lag. Nicht einmal das Licht von der Straße drang herein. Er trat ein und betätigte den Lichtschalter, aber nichts geschah.

Plötzlich erstarrte er. Er wurde sich der völligen Stille um ihn herum bewußt, und er spürte, daß er in diesem dunklen Raum nicht allein war. Er spürte die Anwesenheit eines anderen und glaubte, flaches, unterdrücktes Atmen zu hören. Ein Zittern durchlief seinen Körper, und einen Augenblick schwankte er.

Dann, im Bruchteil einer Sekunde, war ihm alles klar. Er vernahm ein Rascheln. Da war ein fremder Geruch. Wenn er nicht sofort handelte, war es zu spät. Er klammerte sich an einen aus der Vielzahl von Gedankenfetzen in seinem Kopf. Panisch riß er die Waffe aus der Innentasche des Jacketts und schoß, schoß wahllos immer wieder in die Richtung hinter der Tür, wo etwas wie ein Funke in der Dunkelheit aufflammte.

Die sieben guten Taten des Darian

Eines Tages wurde die Unruhe in seinem Innern übermächtig, an einem Frühlingstag, als von Süden her ein sonniger Wind wehte. Er trat ans Fenster und blickte hinaus, und plötzlich kam einer dieser glücklichen Momente im Leben, da man weiß, was zu tun ist. Darian wußte es. Es war Zeit aufzubrechen und alles hinter sich zu lassen.

So packte er einen Rucksack voll mit den nötigsten Dingen und zog einfach los, in einen sonnigen Tag hinein, setzte einfach einen Schritt vor den anderen. Wo er am Abend ankommen, wo er schlafen und wie es weitergehen würde, das war ihm ganz gleich. Er war jung und voller Energie – also was konnte ihm schon passieren?

Tage und Wochen zog er ziellos durch die Lande, blieb hier und da für eine Mahlzeit, eine Nacht, eine Woche oder zwei, um das Geld für die Weiterreise zu verdienen, und zog dann weiter, mit dem Ziel und der Gelegenheit, die sich ihm gerade bot. Er sah viel auf seiner Reise, tausenderlei Eindrücke und Erfahrungen stürmten unverhofft auf ihn ein. Nicht immer schien die Sonne, und nicht immer war das Glück auf seiner Seite. Aber es führte ihn immer weiter, bis die Zeit eines seßhaften Lebens nichts anderes mehr war als eine verschwommene Erinnerung.

Eines Tages geriet er bei seiner Wanderung in ein einsames Waldstück. Und dort beging er die erste seiner guten Taten.

Als er von weitem Schreie hörte und ihnen folgte, stieß er auf eine junge Frau, eigentlich noch ein Mädchen, die im Dickicht auf Zweigen lag und dort heimlich versuchte ein Kind zu gebären. Obwohl sie bemüht war, jeden Laut zu unterdrücken, war der Schmerz so stark, daß sie manchmal jammern oder schreien mußte. Sie erschrak nicht einmal, als er nähertrat und auf sie herabsah. Sie kämpfte seit Stunden und würde ohne Hilfe sterben.

Er wußte nichts von Geburten, nur wie die alten Völker ihre Kinder zur Welt gebracht hatten. So zwang er sie in eine Hockstellung und stützte sie, bis das Kind hervorkam und auf dem nadeligen Boden lag. Er wußte, daß das Mädchen es töten würde, deshalb befahl er ihr zu gehen, nahm das notdürftig abgenabelte Kind, wickelte es in ein Hemd aus seinem Rucksack und legte es im nächsten Dorf vor eine Tür, sobald es dunkel war. Dann zog er weiter in die Nacht und schlief am Rande des Waldes unter einem Baum.

In einem anderen Sommer, als er an einem Weiher einen Mann beobachtete, der einen Sack aus einem Wagen schleifte und ihn zum Wasser trug, sah er, daß sich in dem Sack etwas bewegte. Mit einem Stein beschwert warf der Mann seine Fracht, soweit er konnte, in den Weiher, wo sie sofort unterging und an der Oberfläche nichts sichtbar blieb als aufsteigende Luftblasen.

Sobald der Mann davongefahren war, watete Darian in den Weiher, tauchte und zog an der Stelle, wo es brodelte, den Sack wieder hervor. Darin fand er fünf junge Hunde, die er in die Sonne setzte, wo sie trockneten und sich erholten, und er nahm sie alle mit und verschenkte sie unterwegs an ein paar Kinder, denen er auftrug, sich um ihr Wohlergehen zu kümmern, auch wenn sie sie nicht behalten durften. Und das war seine zweite gute Tat.

Seine dritte Tat war, einem von Schlaganfällen gelähmten alten Mann dazu zu verhelfen, in Würde zu sterben.

Komm abends in mein Zimmer, sagte der Alte, durchs Fenster, laß es nur offen und schlage meine Decken zurück.

Es war eine bitterkalte Frostnacht, die kälteste in jenem Winter. Das war in einem Landhaus an den Hängen der Vogesen, wo man ihm für einige Tage Arbeit gab. Er verschwand noch in der selben Nacht.

Und in einem Dorf in Südfrankreich half er einem klapprigen Bauern bei der Instandsetzung seiner Scheune und seines Hühnerhofes, und seit dem Tag seiner Ankunft legten die Hühner wieder, von denen man acht Monate kein Ei gesehen hatte.

Er ist ein Engel, sagten die Menschen, wenn sie ihm nachsahen. Er ist ein Dämon, sagten sie, und er ist mit bösen Mächten im Bunde.

Als Darian die Pyrenäen überquerte, geriet er in ein Wirtshaus, in dem ein betrunkener Kerl und ein betrunkenes Weib am Kamin miteinander stritten, und als der Mann auf die Frau losging, um mit einem eisernen Schürhaken auf sie einzuschlagen, war er zur Stelle und gab ihm einen Tritt. Dafür wurde er von den Brüdern des Getroffenen verprügelt und in zerrissenen Kleidern auf die Landstraße gejagt, aber hatte – obwohl er das nicht wußte – der Frau das Leben gerettet, seine fünfte Tat, und daß er auf dem linken Ohr, bedingt durch die Schläge, seitdem nur eingeschränkt hörte, verschmerzte er als einen Wink des Schicksals.

In Spanien schließlich, unter einer anderen, wärmeren Sonne, lebte er hier und da einige Wochen, zog die Küste entlang und in die Berge und gelangte in ein katalanisches Städtchen; dort fand er Arbeit in einer Gießerei, schloß Freundschaft mit einem der Männer und zeugte mit dessen Schwester ein Kind, das unter dem Namen eines anderen aufwuchs, aber das die Mutter liebte wie kein anderes, in der Erinnerung an den Mann mit den lachenden Augen, der plötzlich in ihrem Leben aufgetaucht und dann über Nacht wieder daraus verschwunden war.

Das geschah Jahre, nachdem Darian in die Ferne aufgebrochen war, als schon ein dichter Bart um Wangen und Kinn wuchs und sich darin die ersten grauen Strähnen zeigten. Er wurde müde, und die Zeiten, in denen er blieb, wurden immer länger. Er wußte nichts von den Dingen, die weit entfernt vorgingen in dem Teil der Welt, der einmal seine Heimat gewesen war. Er wußte nichts von dem Jungen in Katalonien, der seine Augen hatte, der aufwuchs und gerne die Sterne ansah, und von den Dingen, die er bewirkt hatte und welche Kreise sie zogen.

An der portugiesischen Küste, in einer sandigen Bucht, traf er einen Jungen, und dem erzählte er von seinen Wanderungen und seinen Erlebnissen. Nicht immer war alles einfach gewesen. Viel Ärger hatte es gegeben mit Behörden, schlimme Zeiten hatte er erlebt und hatte Nächte in Gefängnissen verbracht. Aber vor allem erzählte er von dem Guten, das ihm begegnet war, von den Städten und Landschaften, die er gesehen, und von den Menschen, die er getroffen hatte, und von dem Segen des Nichtsbesitzens, der sein Reichtum war. Und er schenkte dem Jungen den Traum von der Wanderschaft und dem Leben eines Vagabunden, den der Wind dahin treibt, wohin es ihm gefällt.

Und das war seine siebente – und letzte – gute Tat.

Geht nicht durch diese Tür!

Jelednah war ernst und seine Stimme klang sorgenvoll. Das war merkwürdig für uns, die wir noch nicht wußten, was Sorge ist.

Er ist verändert, sagten wir. Nicht wie sonst, nicht gütig, nicht sanft.

Haben wir irgend etwas getan, ihn zu verärgern?

Wir sahen Jelednah, wie er über die Wiesen zog und die sandigen Ufer am Fluß. Unruhe hatte ihn erfaßt.

Ich muß gehen, sagte er. Es wird Zeit zu gehen, denn ich habe eine Mission zu erfüllen.

Wir spürten dieses Etwas in seiner Stimme, das wir nicht deuten konnten.

Wann wirst du zurückkommen? fragten wir. Aber er richtete bloß den Blick in die Ferne, auf die sandigen Hügel am Horizont.

Denkt an meine Worte, sagte Jelednah. Bleibt auf den Wiesen, hier unten am Fluß. Geht nicht hinaus, denn dort draußen ist es nicht wie hier.

Wir wußten nicht, was hinter der Mauer war, die die Wiesen am Fluß begrenzte. Wir lebten am Fluß. Das war immer so gewesen, solange wir denken konnten. Die Mauer war hoch und glatt und man konnte sie nicht überblicken. Nur vom Fluß aus konnte man über sie hinweg die Äste knorriger Bäume sehen und dahinter die Höhenzüge, die den Horizont begrenzten.

Unwillkürlich wanderte unser Blick zu der Tür, durch die Jelednah ein- und ausging. Gesehen hatten wir es nie, doch es mußte ja so sein.

Geht nicht durch diese Tür! sagte er. Wartet hier! Bleibt auf dieser Seite der Mauer, hier am Wasser!

Jelednah war fort und die Tage vergingen. Wir waren allein. Etwas quälte uns, machte uns unruhig. Wir wußten nicht, was und warum.

Am fünften Tag spürte ich Saradneh hinter mir, der Wind wehte Strähnen ihres langen schwarzen Haares gegen meine Schulter.

„Ist sie offen?" fragte sie.

Als wir näher gingen, sahen wir, daß sie nicht verriegelt war, und als ich mich mit der Hand dagegen stemmte, spürte ich, wie sie nachgab und sich einen Spalt öffnete.

Wir gingen hindurch, auf die andere Seite, und vor uns lag die Weite der Ebene und die ganze Weite des Himmels. Etwas hatte sich verändert, und als sich unsere Blicke trafen, unsicher und scheu, sah ich plötzlich, wie schön Saradneh war. Nie vorher hatte ich das bemerkt.

Warum war es mir nie aufgefallen?

Erst viel später kam mir die Frage in den Sinn, die mich seither quält. Seit den Tagen in dem ummauerten Landstrich am Fluß, als Jelednah fortging und wir vergebens auf ihn warteten.

Uns quälten so viele Fragen. Was war es, was Jelednah so verändert hatte? Wohin war er gegangen, und warum ist er nie zurückgekehrt?

Saradneh sagt, es sei unsere Schuld. Weil wir nicht auf ihn gehört haben. Deshalb, zur Strafe, kam er nie zurück. Aber das glaube ich nicht.

Und die Frage bleibt bestehen.

Wenn wir nicht hinaus sollten, warum war die Tür dann nicht verschlossen gewesen?

Heute weiß ich, daß auch das uns nicht aufgehalten hätte. Und daß es so viel leichter ist, durch eine verschlossene Tür zu gehen, als durch eine, die man nur zu öffnen braucht.

Einladung zum Tee

Da standen all diese schönen Sachen, und er brauchte nur zuzugreifen. Aber er war wie gelähmt, stand bloß da, betrachtete das vom Sonnenlicht durchflutete Zimmer und die am Boden liegende Frau. Es war grotesk: Der dampfende Tee in der Kanne, die Tassen auf dem silbernen Tablett, der Kuchen, die braunen Zuckerstücke, die aus der Dose zu quellen schienen, kleine rote Servietten. Sie hatte das Tablett abgestellt, sich zu ihm umgewandt und ihn mit weit aufgerissenen Augen angesehen, ihre eine Hand in die Brustaufschläge ihres Kleides verkrampft. Er war erschrocken, so erschrocken, daß er zu keiner Reaktion fähig war, nicht einmal dazu, sie aufzufangen, als sie fiel, und so betrachtete er nur ihren Sturz, und es schien viel länger zu dauern als die Sekunden, die ein Mensch zu einem Fall benötigt. Das Geräusch ihres aufschlagenden Kopfes auf den blankgeschrubbten hellen Fliesen und das Rascheln ihres Kleides, das teuer aussah, dann die absolute, erschreckende Stille – und er hatte noch nichts begriffen.

Sie rührte sich nicht mehr, und als er schließlich mit klopfendem Herzen wagte, einen Laut von sich zu geben, sie anzurufen, gab sie kein Zeichen einer Reaktion. Er war drauf und dran davonzulaufen, es war ihm unheimlich, geradezu gruselig: die Stille des Hauses und die unbeweglich daliegende alte Frau, das Starrende des großen, hellen Zimmers mit den Bildern und Skulpturen. Der Schweiß brach ihm aus. Dann blieb er aber doch stehen und hockte sich vorsichtig nieder. Als er eine ihrer Hände nahm, spürte er sofort, daß sie tot war, obwohl er es nicht an einer einsetzenden Kälte oder anderen Anzeichen festmachen konnte. Es war bloß, daß nichts mehr in ihr pulsierte, und es war dieses Erstarrende, das er spürte.

Sie hatte einen Herzinfarkt, sagte er sich. Sie ist eine alte Frau. Sie hatte sich an die Brust gegriffen und Mund und Augen aufgerissen, dann war sie zusammengesackt, ohne eine Spur von Kraft. Es war schnell gegangen, kein langes Ringen nach Luft, kein Umherwanken und Röcheln, kein Todeskampf und keine Notwendigkeit mehr, Kleider zu öffnen und Erste-Hilfe-Kniffe anzuwenden – ob das ein Fall für die stabile Seitenlage gewesen wäre? Keine Zeit, zum Telefon zu rennen und Notdienste zu alarmieren. Sie war umgefallen und wahrscheinlich tot, bevor sie am Boden lag. Ein Herzanfall. Gab es einen Unterschied zwischen Anfall und Infarkt? Er wußte es nicht. Herzattacke, Herzanfall, Infarkt. Irgend etwas derartiges. Es gab keinen Zweifel.

Sie hatten Tee trinken wollen. Sie hatte ihn hereingebeten und ihn sofort gefragt, was sie ihm anbieten könne, und er hatte verlegen versucht, alle Angebote abzulehnen, bis ihm einfiel, daß es als Unhöflichkeit erscheinen mußte, und obwohl ihm Kaffee lieber gewesen wäre, hatte er eingewilligt, als sie Tee anbot. Es kam ihm so vor, daß in diesem Hause normalerweise Tee getrunken wurde. Vielleicht brachten ihn das marmorgeflieste Zimmer, die Vorhänge, die Bilder und teuren Möbel auf die Idee, die Perlenkette und das Kleid, dessen Stoff selbst für Laien teuer aussah. Feine Manieren – englische Adlige – Tee. So platt waren seine Assoziationen stets, er wußte es, und es amüsierte ihn selbst. Köche und Bäcker tragen hohe weiße Mützen, Matrosen schlafen in Hängematten, alle Feuerwehrmänner dieser Welt rutschen an Stangen hinunter. Sein Weltbild basierte im wesentlichen auf Leinwand-Klischees.

Es war sonst niemand im Haus. Er wußte es genau, denn sie hatte erwähnt, daß sie sich in dem großen Haus einsam fühle und daß er seit langem der erste Besucher sei. Sie hatte sogar darüber geklagt, daß sie sich abgeschieden fühlte von der Welt, hier in einem der Vororte, und daß sie deshalb gedachte, das Haus zu verkaufen und in die Stadt zu ziehen, in eine kleine Wohnung. Nur die Reinemachefrau kommt freitags, hatte sie gesagt. Bis dahin waren es noch drei Tage. Ihm war unklar, was die überhaupt hier verloren hatte. Sogar der Boden war so sauber, daß man davon hätte essen können. Ein leichter Job, dachte er und fragte sich in einer Tausendstelsekunde, was ihn veranlaßte, sich in einem derart grotesken Augenblick mit solchen Belanglosigkeiten zu beschäftigen.

Er stand in einem fremden Haus vor der Leiche einer alten Frau und wünschte sich kilometerweit weg. Warum mußte sie ausgerechnet jetzt …? Pietätlos. Der Gedanke wurde gewaltsam abgewürgt.

Junger Mann, hatte sie zu ihm gesagt. „Kommen Sie nur herein, junger Mann." Er war siebenundvierzig. Ihre Stimme klang zittrig. Nein, sie war nicht gesund gewesen. War ziemlich mager, beinahe abgezehrt. Die Kleidung und das Make-up verbargen viel davon. Wie sie jetzt dalag, wirkte sie viel älter. Der Tod hatte die Manöver, den Verfall zu kaschieren, zunichte gemacht. Ihr Kleid war beim Fall ein Stück hochgerutscht. Der

Anblick berührte ihn peinlich. Sie hatte dünne, alte Beine. Sie ließen erkennen, daß sie früher schön gewesen waren. Aber sie waren es jetzt nicht mehr. Die ganze Frau war schön gewesen. Sie gehörte zu den Frauen, denen man ansieht, daß sie früher schön waren, die sich nicht verändert haben, sondern einfach nur gealtert sind.

Er mußte etwas tun. Am besten war das Einfachste: zum Telefon gehen und jemanden anrufen, die Polizei oder den Notdienst. Er hätte es längst tun sollen. Es war nichts anderes nötig, als zum Telefon zu gehen und jemanden zu informieren, was geschehen war. Er war zum Tee hierhergekommen, und plötzlich war die alte Dame umgefallen. Herzinfarkt.

Er mußte an alte Hollywood-Schinken denken, in denen der Unbescholtene sich im Netz der Gegebenheiten verstrickte und ins Kreuzfeuer von Fragen und Verdächtigungen geriet, nur weil er zufällig am falschen Ort gewesen war. Unschuldig, aber alles weist auf das Gegenteil hin. Und dann sitzt der Betroffene im Schein einer Schreibtischlampe, umringt von Männern in weißen Hemden, zieht hastig an einer Zigarette, während man zu ihm sagt: „Also, das Ganze noch mal von vorne ..."

Das war lächerlich. Die Alte war herzkrank, und zufällig hatte es sie an diesem Nachmittag erwischt. Die Ärzte würden das feststellen können. Es gab keine Zeichen von Gewalteinwirkung.

Er hockte sich erneut nieder und betrachtete den dünnen Blutfaden, der dicht neben dem aus der Form geratenen Haar über die Fliesen rann. Vom Aufprall, natürlich. Aber was, wenn man auf Gewalteinwirkung schloß? Der Aufprall war heftig gewesen. Konnte man feststellen, ob eine Verletzung so kurz vor oder nach dem Tod aufgetreten war?

Eine Szene flackerte in seiner Phantasie auf und machte sich selbständig. Er sah sich, wie er dastand, und jemand kam herein und sagte: „Ihr Herz war völlig in Ordnung. Sie ist niemals herzkrank gewesen." Und ein Fernseh-Kommissar baute sich triumphierend vor ihm auf und fragte ihn: „Nun, Herr de Winter? Was sagen Sie jetzt?"

Horrender Blödsinn!

Trotzdem blieb er stehen und zögerte. Er war ganz allein. Niemand würde kommen. Er hatte Zeit nachzudenken. Was, wenn er sich klammheimlich davonmachte? Er war ziemlich sicher, daß niemand sein Kommen bemerkt hatte, und auch beim Wegfahren würde ihn niemand sehen. Das Haus lag abseits, hohe Bäume versperrten die Sicht zu den Nachbargrundstücken. Deshalb waren auch die Fenster vergittert, und vermutlich gab es eine Alarmanlage. Warum mußte er überhaupt in Erscheinung treten und sich irgendwelchen Scherereien aussetzen, selbst wenn sie nur in einer lästigen Befragung und irgendwelchen Vorladungen und Aussagen bestanden? Sie war ohne sein Dazutun gestorben. Er war frei von jeder Schuld. Wenn er nicht gekommen wäre, hätte das auch nichts geändert. Dann wäre sie eben gestürzt oder in einem Sessel zusammengesunken, ohne einen zufälligen Zeugen.

Wäre sie das wirklich? Oder hatte sein Besuch nach der langen Einsamkeit sie aufgeregt, war letztlich für ihren plötzlichen Tod verantwortlich? Dann traf ihn zwar immer noch keine Schuld, aber dennoch war dieser Gedanke erschreckend. Ohne sein Auftauchen wäre sie eben nicht an diesem Nachmittag gestorben, nicht unbedingt jedenfalls. Er war also möglicherweise Glied in einer Kausalkette, die letztlich zu ihrem Tod geführt hatte. Sie war gestorben, weil er gekommen war. War das nicht eher wahrscheinlich? War er für ihren Tod – wenn auch daran nicht schuldig – doch wenigstens irgendwie verantwortlich?

Nein, es war nicht unrealistisch und nicht nur Nebenprodukt seiner verqueren, kindlichen TV-Phantasie: Sie würden ihm Fragen stellen, würden wissen wollen, was vorgegangen war, was es mit seinem Besuch und mit dem Teestündchen auf sich gehabt hatte, warum er, ein Fremder, gerade heute bei dieser Frau aufgetaucht war. Wie war der Besuch verlaufen? Hatte es Streit, irgendeinen Grund zur Aufregung gegeben? Was hatte er gesagt oder getan, um sie so aufzuregen, daß sie tot zusammensank? Befragungen, Aussagen, Überprüfungen.

Das beste war, er machte sich aus dem Staub. Eine Schuld traf ihn nicht, zu diesem beruhigenden Schluß konnte er sich durchringen. Es war bloß Schicksal gewesen. Er war nicht in böser Absicht gekommen, und er hatte nichts getan, um die Katastrophe herbeizuführen. Eine alte Frau war gestorben. Es war nicht mehr als das. Man würde sie finden und zu dem Schluß kommen, daß ihr Herz aufgehört hatte zu schlagen. Und damit wußte man alles, was wesentlich war. Er war nur ein Statist am falschen Platz, der sich für Hauptrollen nicht gerüstet fühlte.

Einfach gehen und verschwinden. Der Gedanke war plötzlich so verlockend, so erlösend, daß er sich in Bewegung setzte, in Richtung Tür, die zur Diele und nach draußen führte. Er blickte noch einmal zurück. Aus einiger Entfernung sah alles noch unwirklicher, wenn auch weniger bedrohlich aus. Die alte Frau tat ihm leid. Sie hatte ihn erschreckt mit ihrem aufgerissenen Mund und den geweiteten Augen und diesem Finger, diesem knorrigen, auf ihn gerichteten Finger, der sicher nur zufällig anklagend wirkte.

Dann sah er den dampfenden Tee und die beiden Tassen auf dem Tablett. Der kalte Schweiß brach ihm aus. Wenn jemand diese Szene sah, die er eben gerade betrachtete, konnte er zu überhaupt keinem anderen Schluß kommen, als daß jemand hier gewesen war, und da er sich so wenig gesprächig aus dem Staub gemacht hatte, mußte er sich schuldig fühlen, und folglich mußte es eine Schuld, irgendwelche mysteriösen Umstände dieses Todes geben. Spielte das eine Rolle, wenn niemand von seinem Besuch erfuhr? Mochten sie doch den großen Unbekannten suchen. Er würde ihre Bemühungen in den Zeitungen und am Bildschirm verfolgen und sich möglicherweise königlich amüsieren. Vielleicht war es ihnen auch viel zu unwichtig, den Besucher ausfindig zu machen. Wenn sie feststellten, daß sie an Herzversagen gestorben war, würden sie sich vermutlich nicht weiter dafür interessieren, nicht genug, um eine Fahndung im großen Stil einzuleiten. Es sei denn, sie setzten einen unnatürlichen Tod und die Schuld eines Dritten voraus, wozu das Teestündchen ihnen Anlaß gab.

Seine Gedanken drehten sich im Kreis, und er hatte das Gefühl, daß er Ruhe zum Nachdenken bräuchte, mehr Ruhe, als er jetzt hatte, aufgeregt wie er war. Die Gedanken jagten ihm durch den Kopf, aber keinen konnte er richtig fassen. Er hatte das Gefühl, daß eigentlich alles ganz einfach war, und je mehr er darüber nachdachte, desto komplizierter wurde es. Er mußte zum Ausgangspunkt zurückkehren, noch einmal von vorne anfangen: Die Frau war an Herzversagen gestorben. Ihn traf keine Schuld. Das würde er der Polizei sagen. Es war die Wahrheit, und es gab keine Notwendigkeit, komplizierte Manöver in Erwägung zu ziehen. Er würde ihnen sagen, wie es zu dem Besuch gekommen war, die ganze Wahrheit, und niemand konnte daraus den geringsten Vorwurf konstruieren.

Er ging hinüber zu einem der Sessel und ließ sich auf die Lehne sinken. Die friedliche, frühlingshafte Atmosphäre kam ihm wieder zu Bewußtsein. Draußen zwitscherten Vögel, irgend jemand mähte seinen Rasen, aber es war weit entfernt. Er betrachtete die Frau, die er vor einigen Stunden noch nicht einmal gekannt hatte. Der Anlaß war nichts anderes als seine blöde Pfadfindertugend: Man steht im Bus auf, wenn alte Leute kommen, und alten Frauen hilft man über die Straße. Es war nichts als eine kleine Gefälligkeit gewesen, gefolgt von sichtlichem Entzücken und einem Monolog über das Aussterben der Kavaliere. Er hatte ihr höflich zugehört, während er sich über den Redeschwall Gedanken machte. Sie wollte reden, das war deutlich, verstrickte ihn in ein Gespräch. Sehr manierlich und gebildet. Der filigrane, zerbrechliche Typ, alt gewordenes kleines Mädchen. Sie kam ihm in keiner Weise senil und vertrottelt vor, vielleicht ein wenig versponnen. Sie hatte blaß ausgesehen und schien so etwas wie einen Schwächeanfall zu haben, denn sie lehnte sich an die Mauer der russischen Botschaft. Ein bißchen schwindlig sei ihr gewesen, sagte sie, aber es gehe schon wieder. Das war es: die ersten Anzeichen des nachmittäglichen Zusammenbruchs. Es hatte sich am Morgen schon angekündigt, aber er hatte nicht mehr darin gesehen als die vorübergehende Schwäche einer alten Frau, etwas Alltägliches.

Sie hatte ihn eingeladen, nicht plump oder unbeholfen. Für seine Hilfsbereitschaft, sagte sie, und sie habe so lange schon mit niemandem mehr gesprochen. In einem nahen Café hatte man Tische und Stühle herausgestellt. Es war ein wunderschöner Morgen, ganz windstill, so daß die Sonne schon wärmte. Er war auf dem Weg zur Agentur und entschuldigte sich, aber ihre Enttäuschung rührte ihn so, daß er ins Wanken geriet.

„Wenn es nicht gerade jetzt wäre …"

Und dann hatte sie ihn eingeladen, sie am Nachmittag zu besuchen. Und als er irgend etwas angedeutet hatte, woher sie ihr Vertrauen zu völlig Fremden nehme, hatte sie ihn verblüfft.

„Ich weiß, daß Sie keiner Fliege etwas zuleide tun könnten. Sie erinnern mich an meinen Sohn, und sie üben sogar den gleichen Beruf aus wie er."

Sie sagte ihm auf den Kopf zu, daß er Werbefachmann sei, und ihr Sohn, erfuhr er, war mit 42 Jahren bei einem Unfall ums Leben gekommen. Sie hatte nur das eine Kind gehabt.

Er wollte wissen, aus welchen verräterischen Spuren sie auf seinen Beruf geschlossen hatte, aber sie lächelte nur genüßlich und versprach, ihn darüber am Nachmittag aufzuklären. Ihre Haltung hatte etwas Aristokratisches, Herrisches. Sie lächelte vielsagend wie eine Filmdiva.

„Bringen Sie Ihre Familie mit", hatte sie gesagt, aber woher wußte sie, daß er nicht alleine lebte?

46

Leola hätte ihn für verrückt erklärt, wenn er mit der Eröffnung gekommen wäre, er wolle mit ihr eine wildfremde alte Frau besuchen, und Marian und Lena hätten ihm einen Vogel gezeigt. Er hatte sie weder gefragt, noch hatte er ihnen erzählt, was er vorhatte. Es war sozusagen sein kleines und völlig unverfängliches Geheimnis.

Er würde nie mehr erfahren, woher sie die Informationen über ihn bezog. Daß er sie an ihren Sohn erinnerte, hatte sie ihm noch einmal gesagt, so gedankenverloren und melancholisch, daß sie ihm leid tat. Er hatte das Gefühl gehabt, daß sie Tränen unterdrückte. Vielleicht war es ihm nur so vorgekommen. Sie hatte ihn Platz nehmen lassen und war in die Küche gegangen, und als sie zurückkam, schien sie ihre Fröhlichkeit wiedergefunden zu haben. Sie freute sich ehrlich, daß er gekommen war.

War es das gewesen? Hatte die Erinnerung an ihren verstorbenen Sohn sie so aufgeregt, viel mehr, als sie nach außen hin vermuten ließ, und war er auf diese Weise eben doch der Anlaß für den Unfall? Vielleicht hatte erst der Aufprall sie getötet, und er hätte ihr Leben retten können, wenn er nicht dagestanden hätte wie ein Idiot. Es kam ihm so vor, als wäre genug Zeit gewesen, zu ihr zu stürzen und sie aufzufangen. Man konnte mehrere Herzanfälle überstehen. Er erinnerte sich an Erzählungen über einen Großonkel, der erst beim vierten Infarkt gestorben war, schon halbseitig gelähmt.

War das die Geschichte, die er der Polizei oder irgend jemandem, der kam, erzählen würde: daß er die Frau heute morgen kennengelernt hatte und sie ihn zu sich eingeladen hatte aus Dank dafür, daß er sie nach ihrem Befinden gefragt hatte? Denn mehr hatte er nicht getan. Er hatte sie nicht einmal berührt. Es war die Art von Wahrheit, die man besser umgestaltete, um sie glaubhafter zu machen. Das Ganze klang verrückt. Wer sollte ihm glauben, daß er aus reiner Nächstenliebe eine Greisin besuchte, noch dazu in einem Haus von Millionenwert mit teuren Möbeln und Bildern und allen möglichen Wertsachen?

Er sah sich um. Wo er hinblickte, fielen ihm Wertgegenstände ins Auge. Jeder Einbrecher wäre froh über die Gelegenheit gewesen, allein in diesem Haus zu sein. Die Versuchung überkam ihn wie ein Kälteschauer. Der Effekt war der gleiche: er bekam eine Gänsehaut. Die Gedanken ordneten sich erstaunlich schnell. Der Aufwallung eines Schamgefühls folgte die nüchterne Feststellung, daß es für die Tote keinen Unterschied mehr machte, ob er etwas mitnahm oder nicht. Sie hatte keine Verwandten mehr, jedenfalls keinen Mann und keine Kinder, und auch keine Geschwister, wenn er sie richtig verstanden hatte. Irgend jemand würde diese Sachen bekommen, der vermutlich nichts damit anzufangen wußte oder alles verkaufte, oder alles wurde versteigert und verschwand so oder so in Hände, denen eine persönliche Beziehung zu den Sachen fehlte. Außerdem hatte er nicht vor, das ganze Haus auszuräumen. Das Gefühl der Scham war noch da, und er kam sich skrupellos und gemein vor. Aber es war eine Frage der Perspektive. Einem Mann, dem die Verschuldung langsam aber sicher über den Kopf wächst, der sich in der schlimmsten finanziellen Misere seines Lebens befindet, müssen sich solche Assoziationen geradezu aufdrängen. Es wäre eher verwunderlich, wenn die Versuchung ihn nicht überkäme. Ein hoffnungslos überzogenes Konto, die Ratenzahlungen für das Reihenhaus, die Reparatur des Wagens und Lenas Austausch-Ferien in Amerika, und Marian mußte ein Motorrad haben. Alle hatten schon eins, nur er nicht. Er selbst war auch einmal so alt gewesen, und er wußte, was das bedeutete.

So lagen die Dinge. Er brauchte Geld, und hier lag es zum Greifen nah.

Seine Hände zitterten. Geh nach Hause, sagte er sich, steh jetzt auf und geh und tu so, als wärest du nie hiergewesen. Es hätte ebensogut nicht passieren können. Er sah sich selbst mit gestohlenem Schmuck auf der Suche nach Hehlern und war wieder zurück im TV-Universum. Da ging alles so leicht. Aber er wüßte ja nicht einmal, an wen er sich mit den Sachen wenden könnte, ohne Aufsehen zu erregen, und selbst wenn er jemanden fand, war die Gefahr riesig, daß man ihm über die angebotenen Sachen auf die Spur kam. Er war nicht dafür geschaffen, Wertsachen „zu Geld zu machen" wie die zwielichtigen Gestalten in wöchentlichen Krimiserien rund um den Globus. Das einzige, was ihm genützt hätte, wäre Bargeld gewesen, und das mußte er erst finden.

Du hättest ihr nie etwas weggenommen, wenn sie noch lebte, sagte er sich, und die Zeichentrick-Cartoons fielen ihm ein, in denen ein Engel und ein Teufel dem Helden um den Kopf schwirren, der sich abwechselnd anschickt, dem Guten und dann wieder dem Bösen zu folgen. Es ist Diebstahl, sagte der kleine Kerl im Nachthemd auf seiner linken Seite soeben. Wie immer du es auch hinstellst, es ist und bleibt Diebstahl, aber der gehässige Kerl mit den Hörnern und dem Schwanz auf der anderen Seite versicherte ihm, daß er ein Idiot wäre, eine solche Gelegenheit auszulassen, sich Dinge anzueignen, die niemandem mehr gehörten.

Er sah sich um. So eine alte Frau hatte alles: ein ganzes Haus für sich, ein schickes Auto, das sie so gut wie nie mehr benutzte, weil sie längst zu ängstlich zum Fahren war, eine Putzfrau, handgefertigte antike, unbezahlbare Möbel, einen Kühlschrank voller Delikatessen, eine Einbauküche mit sprechenden Kochplatten, die auf sich aufmerksam machten, wenn sie länger als sechzig Sekunden unbenutzt in Betrieb waren. Messeneuheit. Beinahe unerschwinglich. Zwei voll möblierte Gästezimmer, einen Breitband-Fernseher und eine Musik-Anlage der jüngsten Generation. Die Kleider ließ sie sich anfertigen oder bestellte sich Kollektionen ins Haus. Währenddessen waren Leola und er in Warenhäusern auf der Jagd nach fehlerhaften Einzelstücken, die man verbilligt bekommen konnte. Vermutlich ging sie nicht einmal einkaufen, sondern ließ sich von einem Lieferservice versorgen. Er beendete den Gedankengang, als er merkte, daß er erneut in Leinwand-Welten abgerutscht war.

Er beschloß, sich im Haus umzusehen, warf einen Blick in die Küche, dann ins angrenzende Speisezimmer und einen Raum, in dem ein mächtiger Schreibtisch stand und der wohl ehemals das Arbeitszimmer ihres verstorbenen Mannes gewesen war. In einer Vitrine sah er eine Sammlung alter Münzen, auf einem Bord über dem Schreibtisch standen glänzende Pokale, daneben hingen Medaillen, für was auch immer. Es interessierte ihn jetzt nicht. Seine Neugier erlosch, als er sich der hölzernen Treppe näherte. Die Unruhe gewann wieder die Oberhand. Er hatte Angst vor dem Geräusch eines Schlüssels in der Tür. Viel hatte er nicht über ihr Leben erfahren können in der kurzen Zeit. Vielleicht gab es doch noch andere Menschen, mit denen zu rechnen war – obwohl ihre Aussagen in dieser Hinsicht deutlich gewesen waren. Er kehrte zurück in den Wohnraum jenseits der mit feinem rotbraunem Holz getäfelten Schiebetür.

Als sein Blick das Tablett auf dem Tisch streifte, sah er, daß es aus der Kanne nicht mehr dampfte. Wie lange war er schon hier? Die Sonne warf lange Schatten über den Rasen des parkähnlichen Gartens. Die Frau, die vor ihm auf dem Boden lag, zeigte jetzt eine deutliche Blässe der Haut. De Winter glaubte zu beobachten, daß sie immer weißer wurde. Wenn er sie jetzt berührte, wäre sie ganz kalt, und wahrscheinlich ließen sich ihre Gliedmaßen schon nicht mehr verrücken. Ihm wurde klar, daß er diese Person überhaupt nicht kannte. Ob sie öfters Fremde in ihr Haus einlud? Sie glaubte über ihn einiges zu wissen, doch das waren nicht mehr als letztlich doch recht oberflächliche Vermutungen. Er hatte sich ihr vorgestellt, natürlich. War das morgens oder erst am Nachmittag gewesen? Er konnte sich nicht erinnern. Am Morgen mußte das gewesen sein. Sie kannte also seinen Namen: Was, wenn sie tagsüber jemandem von ihm erzählt hatte? Unwahrscheinlich, denn angeblich sah sie ja niemanden. Aber es konnte nicht sein, daß sie ganz ohne Kontakte war. Jeder Mensch hat Bekannte, und vielleicht hatte sie mit jemandem telefoniert, und dann hatte sie wohl auch den Besuch erwähnt, denn ihren Schilderungen nach war es eine Sensation, daß sich jemand in ihr abgelegenes Haus begab.

Der Trick fiel ihm ein, den er vor Jahren anwandte, um zu erfahren, mit wem Marian telefonierte, obwohl er beteuerte, für erhöhte Rechnungen nicht verantwortlich zu sein. Er ging zum Telefon, nahm den Hörer ab und drückte die Wahlwiederholung. Es läutete viermal, dann meldete sich jemand. Er verstand den Namen nicht genau, aber der Stimme nach war es eine ältere Dame. Sie sprach langsam, aber trotzdem nuschelte sie.

Na bitte! Es gab also eine Verbindung zur Außenwelt, und wenn nicht, wäre das auch mehr als erstaunlich gewesen. So weit her konnte es mit der Einsamkeit also nicht sein.

Plötzlich ergriff ihn Panik. Es war klar, daß er das Tablett wegräumen mußte. Ohne weiter zu überlegen, nahm er es vom Tisch und trug es in die Küche, wo er den Tee in den Ausguß schüttete, Zucker und Milch und die beiden Tassen nach einigen Fehlversuchen hinter einer der Schranktüren verstaute. Er spülte die Kanne aus und stellte sie dazu. Alles wischte er mit dem Taschentuch ab. Den Kuchen verpackte er in Küchentüchern und legte ihn in den Kühlschrank. Den Telefonhörer, die Tasten säuberte er sorgfältig mit dem Taschentuch. Jetzt deutete nichts mehr auf einen Besuch hin. Es war das Ende einer einsamen Frau. Mehr nicht.

Zurück im Wohnzimmer war er unsicher. Hatte er das Richtige getan? Doch selbst wenn jemand von einem geplanten Besuch berichten würde und seinen Namen nannte: Er konnte sagen, es habe ihm niemand geöffnet oder er sei nicht gekommen oder alles sei bloß ein Mißverständnis. Und zur Not konnte er immer noch die Wahrheit sagen. Er wollte später in Ruhe über alles nachdenken, aber was er jetzt wollte, war nur noch, dieses Haus zu verlassen, und Marians Motorrad fiel ihm ein und die Reise nach Kalifornien und die Reparaturkosten, und bald brauchten sie einen ganz neuen Wagen, der alte würde nicht ewig halten, und er ging in das andere Zimmer und steckte einige der Münzen und etwas von dem Schmuck ein, der auf einem Schränkchen lag, Ohrringe mit roten Steinen, ein Diamantring – wie er annahm – und ein Diadem. Es lag da auf dem Präsentierteller, nahm ihm die Entscheidung vor der Hemmschwelle, das Haus abzusuchen. Er würde 500 Kilometer fahren, um das irgendeinem Juwelier zu verkaufen, und notfalls würde er sich einen falschen Bart ankleben, aber der kleine Kerl mit den Hörnern hatte Recht: Er durfte sich diese Gelegenheit nicht entgehen lassen. Ich habe nichts getan, sagte er sich, und ich schade niemandem, und vielleicht war diese alte Frau und ihr plötzlicher Tod ein Geschenk des Himmels. Der Schwäche-anfall fiel ihm ein. Sie hätte sowieso nicht mehr lange gelebt, und was konnte er dafür, wenn er sie an ihren Sohn erinnerte?

Er kehrte noch einmal zurück, nachdem er die Klinke der Haustür schon in der Hand gehabt hatte. Verschwinde, aber leg die Sachen zurück, sagte er zu sich selbst. Vielleicht gehören sie niemandem mehr, aber sie gehören dir schon gar nicht. Es wird nichts Gutes daraus erwachsen, nur Scherereien. Aber der Verteidiger auf der Linken bot irgendwie eine schwache Vorstel-lung, und der Staatsanwalt setzte sich dann doch durch. Die Münzen sahen wirklich wertvoll aus. Verschwinde endlich damit, bevor doch noch jemand kommt!

Als er die Haustür hinter sich schloß und hinüber zu seinem Wagen ging, war die Erlösung spürbar, eine große Erleichte-rung, bevor ihm einfiel, daß er seine Sonnenbrille auf der Couch hatte liegen lassen.

Als Halbwüchsiger hatte er einmal versucht, in sein Eltern-haus einzudringen. Der Schlüssel lag drin, und es war niemand zu Hause. Seine Eltern waren weggefahren und hatten ihn mit Ermahnungen zurückgelassen, auf alles ja gut achtzugeben, die Tür immer gut zu schließen, den Herd abzustellen und die Blumen zu gießen. Er war fünfzehn, und alles, was für ihn zählte, war dieses Gefühl grenzenloser Freiheit. Er hatte für fünf Tage die Aufsicht über ein ganzes Haus, würde sich bis in die Nacht mit Freunden in den geheiligten Ledersesseln herumlümmeln und den alkoholischen Beständen des Hauses zu Leibe rücken, und der überquellende Aschenbecher voller ausgedrückter Kippen war so etwas wie ein genüßlich in Szene gesetztes Sakrileg, eine Verhöhnung der spießbürgerlichen elterlichen Ideale. Damals hatte er schließlich eine Fensterscheibe eingeschlagen und sie von einem Glaser ersetzen lassen. Der Mann hatte eingewilligt, die Sache mit der Rechnung über ihn abzuwickeln, und seine Eltern hatten nie davon erfahren. Es interessierte ihn jetzt nicht, er nahm sich nicht die Zeit, der Gedankenverbindung zu folgen. Statt dessen suchte er fieberhaft einen Weg, ins Innere des Hauses zu gelangen. Was besagt schon eine liegengebliebene Sonnenbrille, dachte er, und daß jemand seinen Namen erfahren und auch behalten hatte, war überaus unwahrscheinlich. Und selbst wenn: Er hatte immer noch nichts verbrochen. Alles würde sich aufklären. Doch dann wurde ihm klar, daß er jetzt nicht mehr behaupten konnte, nichts verbrochen zu haben, denn er hatte die Schmuckstücke und die Münzen in seiner Tasche, und vielleicht hatte er doch Fingerabdrücke hinterlassen, irgendwo. Horrorgeschichten von Haarschuppen auf dem Marmor, die man unter dem Mikroskop und im Labor mit seinen verglich, bauten sich auf. Er ahnte, daß es nichts war als reine Hysterie, aber er konnte wenig dagegen tun.

Die Fenster der Vorderseite, auch die Kellerfenster lagen frei und waren vergittert. Weder die Vorder- noch die Hintertür boten eine Gelegenheit einzudringen. Die Scheiben waren riesig und sahen sehr robust aus, sie zu zerstören bedurfte offenbar einer großen Kraftanstrengung, und vor dem Lärm, der dabei entstehen würde, hatte er gehörigen Respekt. Wenn man in der Ferne Rasenmäher schnurren hörte, dann würde man vielleicht auch auf das Klirren von Glas aufmerksam werden.

Die einzige Möglichkeit, die sich bot, war ein viereckiges Loch auf der Rückseite, in einem vergitterten Schacht, eine Kellerraumöffnung, vermutlich in der Waschküche, die wohl überhaupt nur der Entlüftung diente, da sie ohnehin kaum Licht einließ. Er hob mit einiger Mühe das Gitter aus der Verankerung und ließ sich in den nahezu quadratischen Schacht hinunter. Er mußte diese verdammte Sonnenbrille da herausholen und die Spuren verwischen, und er würde auch den Schmuck wieder an seinen Platz legen, und dann würde er nach Hause fahren und das alles vergessen, als wäre es nie passiert, als habe er alles bloß geträumt. Dieser Zugang, den man kaum so nennen konnte, war der einzige Weg. Er mündete unten in ein metallenes Verschlußfenster, und die schmutzige Scheibe dahinter war nach innen einen Spaltbreit offen. Er wuchtete sich wieder hinauf und sah sich auf der Terrasse nach irgend etwas um, das er als Hebel ansetzen konnte. In einem der Beete steckte eine kleine Harke mit einem hölzernen Handgriff. Er zog sie hastig heraus, ließ sich wieder in das Loch hinunter und versuchte mit den stabilen Zinken, den Metallschutz aufzustemmen. Er begann sich sofort zu verbiegen, und es dauerte keine Minute, bis die Klappe aus der Verankerung sprang und sich öffnen ließ. Er legte die Harke oben auf den Rand des Schachts und machte sich daran, sich durch die enge Öffnung zu zwängen, die Beine voran. Manchmal ist es von Vorteil, so ein Hering zu sein, dachte er, denn er paßte so gerade eben durch, und in einem eher halsbrecherischen Manöver rutschte er in den dunklen Raum, ohne zu wissen, wie tief und worauf er fallen würde.

Zu seiner Erleichterung landete er auf einem glatten Fliesenboden, aber in fast völliger Dunkelheit. Das durch den Schacht einfallende Licht ließ nicht mehr erkennen als grobe Umrisse. Soweit er sehen konnte, befand sich in diesem Raum nichts außer der Heizungsanlage, die den größten Teil ausfüllte. Er tastete sich vorsichtig an der Wand entlang. Seine Augen hatten sich ein wenig an die Dunkelheit gewöhnt. Er konnte die Umrisse der Tür erkennen und ging darauf zu. Als er die Klinke herunterdrückte, fand er sie verschlossen. Er rüttelte ein paarmal, tastete nach dem Schlüsselloch, dann nach dem Lichtschalter, aber als er ihn betätigte, blieb es dunkel. Er suchte nach einem Ersatzschlüssel, der vielleicht an einem Nagel neben der Tür hing, aber er fand nichts dergleichen. Er sah sich um, konnte jedoch keine weitere Tür entdecken. Sicherheitshalber ging er einmal die vier Wände ab, bis er Gewißheit hatte.

Dann tastete er sich zurück zur Tür und versuchte noch einmal, sie mit Gewalt zu öffnen. Aber es war aussichtslos. Es war eine solide Metalltür. Ausgerechnet im Heizungskeller hatte er landen müssen. Aber er hielt für möglich, daß jeder Kellerraum damit versehen war, um Einbrechern die Tour zu vermasseln. Das Haus war ein Bollwerk.

Enttäuscht tastete er sich zurück zu der Öffnung, die am einfallenden Licht deutlich zu erkennen war. Er langte mit den Händen hinauf und versuchte sich an den Rändern festzuhalten, doch sie boten keinerlei Widerstand. Wieder und wieder suchte er Halt, zog sich mit aller Kraft hoch, rutschte aber jedesmal ab, bevor er seinem Ziel auch nur nahe gekommen war, versuchte sich am Rahmen der Scheibe abzustützen und dann hinaufzuhangeln. Doch so sehr er sich anstrengte, es gelang ihm nicht, seinen Oberkörper in die Öffnung zu bekommen oder mit den Händen dort Halt zu finden. Immer verbissener wurden seine Versuche, er strampelte und stemmte die Füße gegen die Wand. Ein stechender Schmerz durchfuhr seine Hand, und sie war naß, als er sie befühlte. Blut tropfte auf den Boden.

Er stand da und sah sich um. Auf seiner Stirn standen Schweißperlen. Sein Herz klopfte ihm bis zum Hals, von der Anstrengung und aus purer Angst. Noch einmal ging er zur Tür, unternahm einen unsinnigen Versuch, sie zu öffnen, trat dagegen, suchte dann die Wände ab, Stück für Stück, danach den Boden, den sauberen, akkurat gefliesten, teuren Boden. Er suchte einen Schlüssel, ein Stück Draht, irgend etwas, womit sich die Tür vielleicht öffnen ließ. Er tastete die Ölheizung ab in der Hoffnung, daß irgendein Wartungswerkzeug daran befestigt war oder ein Schraubenzieher herumlag, aber selbst die flache Oberseite des kastenförmigen Geräts war so glatt, daß er darauf nicht einmal Staub vermutete.

„Mein Gott! Mein Gott! O mein Gott! ..."

Er murmelte vor sich hin. Behalt einen klaren Kopf, sagte er sich. Das Ganze ist zu verrückt. Jetzt bist du drinnen und kommst nicht wieder heraus, und alles wegen einer verfluchten Sonnenbrille. Es gab in diesem Raum noch weniger als nichts, nicht einmal ein Regal oder einen alten Schrank oder bloß eine Kiste mit alten Zeitschriften. Gar nichts. Wenn wenigstens ein alter Blecheimer dagewesen wäre, auf den er sich hätte stellen können ...

Er ging zurück zum Fensterschacht und versuchte verzweifelter als zuvor, einen Zugang zu finden, sich durch die Öffnung zu zwängen, aber sie war zu klein. Wenn er hochsprang, um die Hände aufzulegen, rammte er sich den Schädel ein. Wie klein dieses Loch war! Er konnte nicht begreifen, wie er überhaupt da durchgekommen war. Er beschimpfte sich mit immer übleren Bezeichnungen, während er von der Luke zur Tür ging und von der Tür zur Luke, und er versuchte, mit den Autoschlüsseln die Tür zu öffnen, sie zwischen Tür und Rahmen zu treiben, als wäre das ernsthaft der Mühe wert. Als er erschöpft mit dem Rücken an der Tür zu Boden sank und im Dunkeln sitzen blieb, traten ihm Tränen in die Augen vor Wut und Verzweiflung. Er würde in diesem Loch bleiben müssen, bis man ihn fand, vielleicht einen oder gar mehrere Tage. Die Heizungsapparatur rührte sich nicht, sie war offenbar abgestellt. Im Haus herrschte völlige Stille. Irgendwo da oben lag eine tote alte Frau, die niemand vermißte. Es konnte Tage dauern, bis man sie fand. Vielleicht würde sie erst die Putzfrau finden. Das war in drei Tagen. Er führte die Hand an die Lippen und biß vor Entsetzen in das weiche Fleisch seines Zeigefingers. Drei Tage! Wer sollte sich vorher die Mühe machen zu kommen, in das abgelegene Haus der Frau, die niemals Besuch bekam, und deren Vereinsamung sie dazu trieb, wildfremde Menschen auf der Straße einzuladen?

Es kam ihm vor wie eine Strafe. Die Angst saß noch nicht tief, weil die Hoffnung noch zu stark war und die Tatsache, daß sein bisheriges Leben ohne nennenswerte Katastrophen verlaufen war, ihn in Sicherheit wiegte. Leute wurden übers Wochenende im Fahrstuhl eingeschlossen, davon las man zuweilen in der Zeitung. Er benutzte keine Fahrstühle, wenn es sich irgendwie vermeiden ließ. Er dachte an Briefträger, Müllfahrer, Zeitungsboten. Aber wie lange würde es dauern, bis diesen Leuten etwas auffiel? Sollte er ununterbrochen rufen, in der Hoffnung, daß man ihn auf der Vorderseite des Hauses hörte? Er horchte hinauf in die Stille des Hauses, glaubte dort etwas zu hören, ganz entfernt, und je angestrengter er horchte, desto mehr glaubte er zu hören.

Er wußte, er würde der Versuchung auf Dauer ohnehin nicht widerstehen können, an der Tür und nahe bei der Öffnung nach draußen zu rufen. Besser daß sie ihn schnell fanden und die Dinge ihren Lauf nahmen. Vielleicht würden sie seine irrsinige Geschichte ja glauben, und der Diebstahl würde ihn nicht gleich ins Gefängnis bringen, wenn man ihn überhaupt entdeckte. Die Aussicht, sich Befragungen auszusetzen und auch Verdächtigungen, erschien ihm jetzt gar nicht mehr so schrecklich, im Gegenteil: Wenn sie ihn nur bald hier herausholten.

Leola und die Kinder – oder zumindest Leola – würden ihn vermissen. Sie würden nach ihm suchen, aber sie würden nicht wissen wo. Er war im Haus einer alten, herzkranken Frau zum Tee, irgendwo ganz am anderen Ende der Stadt, im Villenviertel nahe den Weihern bei der alten Mühle. Sein Wagen stand unter den Bäumen diesseits der Auffahrt, von der Straße aus vermutlich nicht einmal zu sehen. Niemand wußte, daß er hier war. Es war sein kleines, aber unverfängliches Geheimnis.

Die Zeit verging langsam. Er hatte nicht gewußt, daß Zeit so langsam vergehen kann, und auch nicht, daß der Wahnsinn so schnell seine Fühler ausstreckt. Es wurde Nacht, aber dann dauerte es eine Ewigkeit, bis in der Schachtöffnung wieder ein fahles Grau erschien. Es dauerte so ungebührlich lange, daß es ihm nicht mehr erklärbar erschien. Wieder und wieder stand er an der Öffnung und starrte hinauf, immer wieder glaubte er, dort eine erste Schattierung von Licht zu erkennen, aber es erwies sich immer als Täuschung. Gut, seine ersten Hoffnungen waren verfrüht gewesen. Doch als noch einmal Stunden vergangen sein mußten und noch einmal, konnte es unmöglich immer noch Nacht sein.

Durst setzte ein. Durst und Hunger. Der Hunger war erträglich, der Durst wurde quälend. Immer öfter glaubte er von oben etwas zu hören, und er schrie und stampfte gegen die Wände und gegen die metallenen Apparaturen, so daß es im ganzen Haus zu hören sein mußte.

Wieder und wieder versuchte er, durch die Öffnung zu gelangen, aber es wurde immer aussichtsloser. Die Wunde an seiner Hand riß jedesmal wieder auf. Er leckte das Blut, mußte sich beherrschen, es nicht herauszusaugen. Er saß an der Wand, atmete, wartete. Als das Licht in der Öffnung zum zweiten Mal schwächer wurde und schließlich erneut alles in Dunkelheit versank, wartete er immer noch. Ihm wurde heiß und kalt, die Wunde schmerzte. Es pochte in seiner Hand. Zum ersten Mal dachte er daran, seinen Urin zu trinken. Das war es doch, was man tun mußte, um zu überleben. Kaum noch imstande, einen klaren Gedanken zu fassen, vesuchte er Gedichte und Liedertexte aufzusagen, sie im Kopf zu singen, zählte Namen und Daten auf. Aber immer wieder bohrte sich der eine Gedanke durch: Am Freitag würde die Putzfrau kommen, und sie würde einen Schlüssel haben, und wenn sie keinen hatte, würde sie wie gewohnt klingeln, und niemand würde öffnen, und dann würde sie wissen, daß etwas nicht stimmt und jemanden benachrichtigen.

Welcher Tag war jetzt? Mittwoch? Donnerstag? Wie lange hatte er gedöst, wie lange geschlafen, immer wieder?

Vielleicht war schon Freitag.

Er saß in einem dunklen Loch, ohne Ausweg, sagte Gedichte auf, sang Lieder, führte imaginäre Gespräche mit imaginären

Personen, fühlte das Fieber aufsteigen und die Schwäche seines Körpers, seiner Gedanken. Das Pochen in seinem Arm, das aufsteigende Kribbeln und die Hitze. Saß an der Wand, in der Dunkelheit. Lag ausgestreckt da. Der Fliesenboden war angenehm kühl. Der stechende Schmerz im linken Unterarm war mörderisch. Etwas Großes, Haariges krabbelte über seine rechte Hand.

Ich hätte die Sachen nicht nehmen sollen, sagte er sich. Dann sah er, wie er sie nicht nahm, wie er sie zurücklegte, er sah die alte Frau, und er sah Leola und die Kinder und seinen Vater, der lange tot war. Er war an vielen verschiedenen Orten und in verschiedenen Zeiten. Einmal wurden seine Gedanken noch klar. Er fühlte die verschmierte Scheiße in seiner Hose und er mußte lachen. Er lag im Keller eines fremden Hauses, irgendwo über ihm lag in diesem Mausoleum die verwesende Leiche einer alten Frau. Er dachte an die Sonnenbrille auf der Couch und die Tassen und die Zuckerdose in den Schränken, säuberlich abgewischt, und den vollautomatischen, futuristischen Herd, und er hörte die sonore, freundlich mahnende Stimme.

„Sparen Sie Energie!"

Sie werden es niemals verstehen, sagte er sich. Sie werden kommen und dastehen und die Köpfe schütteln. Ein Mann mit einem Tage alten Bart, das aufgebrochene Kellerfenster, die Sonnenbrille, die tote Frau, Blut, die Münzen, die er unter der Tür durchgeschoben hatte, aus Langeweile, um auf sich aufmerksam zu machen, um sie loszuwerden – er wußte es nicht. Sie werden sie dort finden und darüber rätseln. Aber sie werden niemals genau verstehen, was geschehen ist, dachte er.

Er versuchte zu schreien, wie er zuvor geschrien hatte, wieder und wieder. Aber er hatte nicht mehr die Kraft dazu.

„Also, ich werde nicht schlau daraus. Irgendwas stimmt doch nicht an der Geschichte."

Sie saßen da, ein seltsames Paaar, der eine schlaksig und dürr und an die zwei Meter groß, mit einem Adamsapfel, der in ständiger Bewegung war, selbst beim Atmen, der andere klein und füllig, mit einem zitternden Doppelkinn. Sie saßen schwitzend in einem Büro zwischen summenden Rechnern und einem flirrenden Ventilator, der hin- und herschwenkte und in vorhersagbaren Abständen Papiere in Bewegung brachte, die auf den Schreibtischen lagen.

„Dieser Kerl bricht ein, durch diesen Kellerschacht. Und sitzt dann in der Falle. Tür zu, und zurück kann er nicht mehr. Soweit würde ich's verstehen. Aber der Schmuck! Wir wissen, daß er aus dem Haus stammt. Also muß er oben gewesen sein. Aber wer hat ihn dann da unten eingesperrt?"

„Es muß die Alte gewesen sein", sagte der Kleine, Mopsige. „Sie überrascht ihn, er rennt in seiner Panik runter, um durch den Schacht wieder abzuhauen, so wie er gekommen ist. Sie folgt ihm und sperrt ihn dort ein. Und dann ist sie zusammengebrochen. Der Schreck und die Aufregung war zuviel für sie."

„Aber den Schlüssel zum Kellerraum hat sie vorher noch sorgfältig versteckt? Bis jetzt konnten nicht mal wir ihn finden, und wir haben schon alles auf den Kopf gestellt!"

„Wer weiß? Alte Leute sind manchmal verschroben. Vielleicht hat sie wirklich ein Versteck und hat ihn automatisch wieder dorthin gelegt, ohne recht nachzudenken."

„Ja, und vorher, als der Kerl in seiner Panik runterrannte, hat sie ihn erst mal aus diesem Versteck rausgeholt, um ihn einzuschließen. Das ergibt doch alles keinen Sinn!"

„Es sei denn, sie hätte ihn bei sich getragen und hat ihn deshalb einschließen können. Und hinterher hat sie den Schlüssel dann versteckt."

„Eine tolle Geschichte."

„Es ist die einzige Erklärung."

Die Ermittlungen hatten sich zehn Tage lang hingezogen. Die Spurensicherung im ganzen Haus, nicht nur einmal, sondern wiederholt, die Laboruntersuchungen, die endlosen Befragungen der Nachbarn, der Putzfrau, die Suche nach Bekannten, die Rekonstruktion des Lebens einer alten Frau, die niemanden mehr hatte und über die niemand viel zu sagen wußte. Wieder und wieder waren sie in dem Haus gewesen, hatten nach Spuren gesucht, nach Erklärungen, hatten Ereignisse rekonstruiert. Die Vernehmung der Familie des Toten, der Anblick der verstörten Kinder, der verweinten Frau, die Aussagen von Kollegen, Freunden. Und alles hatte zu nichts geführt, letztlich. Nicht zur Beantwortung der Fragen, die offenblieben, so sehr man sich auch wendete. Bräutigam, Hauptkommissar, und sein Kollege Hecht hatten sich in den Fall verbissen, regelrecht. Sie fühlten sich in ihrer Ehre gekränkt und kamen sich vor wie Fernseh-Kommissare.

„Gut", sagte Bräutigam, „also, er bricht ein, ist gerade dabei, die Bude auszuräumen, da kommt die Alte zurück und überrascht ihn. Das erklärt, warum er nur einen Teil des Schmucks genommen hat und alles andere unbeachtet ließ. Hättest du nicht zuallererst die Münzen mitgenommen?"

„Vielleicht hatte er es speziell auf den Schmuck abgesehen."

„Der? Der hatte doch keinerlei Erfahrung."

„Vielleicht gerade deshalb. Oder er kam nicht mehr dazu, die Münzen einzusacken. Jedenfalls hat er sie nicht angerührt."

„Wie auch immer. Nehmen wir an, er wurde gestört. Da hätte er doch bloß zur Haustür rausrennen müssen!"

„Vielleicht stand sie ihm genau da im Weg. Oder in seiner Panik hat er eben nicht das Nächstliegende getan."

„Und sie geht ihm nach und schließt ihn ein."

„Das ist immerhin eine Erklärung."

„Und wenn sie ihn doch selbst reingelassen hat?"

„Warum sollte sie das getan haben? Es gibt keinerlei Verbindung zwischen den beiden. Er war ein unbescholtener Bürger, wohnte am anderen Ende der Stadt. Ein braver Familienvater. Hatte nicht mal Punkte in Flensburg."

„Aber hoch verschuldet. Das Wasser stand ihm bis zu den Ohren. Da hat er sich diese Villa ausgeguckt. Er klingelt an der Tür und gibt sich als Vertreter aus oder stellt irgendeine Frage. Was auch immer. Im Nu ist er drin."

„Das können wir vergessen. Er ist eindeutig durch den Kellerschacht eingebrochen. Da gibt es keinen Zweifel. Und da er die Beute hatte, muß er oben gewesen sein. Das würde heißen, diese Tür im Keller war noch offen, als er kam. Und sie hat ihn dort eingeschlossen."

Bräutigam schüttelte verächtlich den Kopf. „Aber kommt jemand ohne Einbruchwerkzeug, wenn er irgendwo einsteigen will? Im Keller, im Haus, auf dem Grundstück war nichts dergleichen zu finden. Auch nicht im Auto. Seine Jacke, seine Papiere, eine Zeitung, sonst nichts. Er hat diese Harke benutzt, aus dem Blumenbeet. Man konnte noch sehen, wo sie steckte."

„Ja, das alles ist äußerst merkwürdig", sagte Hecht. Sein Doppelkinn wackelte. „Was sagt die Alte? Irgendwas Neues?"

„Immer dasselbe. Ihr Sohn sei zum Tee gekommen, sagt sie. Aber ihr Sohn ist schon seit vier Jahren tot. Und von dem Teetisch, den sie angeblich gedeckt hatte, war auch nichts zu sehen. Es war überhaupt keine Spur von einem Besuch zu finden. Alles aufgeräumt, wie aus dem Ei gepellt. Nicht die geringste Spur. Die Ärzte sagen, sie ist übern Berg. Kann vom Glück sagen, daß sie noch mal zu sich kam und diesen Notsignalknopf betätigen konnte. Und daß dieser Seniorenservice einen Schlüssel zum Haus hatte."

Bräutigam blickte starr aus dem Fenster, ohne etwas wahrzunehmen.

„Und dieser Kerl war da unten eingesperrt, und sie wußten nichts davon. Sie hätten ihn retten können, wenn sie nur gewußt hätten, daß er da war. Aber sie konnte es ihnen nicht sagen. Und jetzt redet sie nur noch wirres Zeug. Von ihrem Sohn, der sie besucht hat."

„Diesen Kerl kann sie damit nicht meinen. Gut, vielleicht hat sie sie nicht mehr alle. Aber er hat doch gar keine Ähnlichkeit mit ihrem Sohn. Da genügt ein Blick auf die Fotos. Sie sagt, niemand sonst sei an diesem Tag da gewesen. Von einem Einbrecher weiß sie nichts."

„Hast du sie nicht nach dem Kellerschlüssel gefragt?"

„Sie sagt, der hänge im Schlüsselkasten in der Diele. Aber da ist er nicht."

Bräutigam war aufgestanden und ans Fenster getreten, schob die Lamellen der Jalousie auseinander und blickte blinzelnd auf dieser Seite hinaus.

Auch Hecht stand auf und trat ans andere Fenster, wo die Jalousie offen war. Sie standen jetzt schräg mit den Rücken zueinander.

„Lach mich nicht aus", sagte er. „Aber es gibt für mich nur eine Erklärung … Es muß noch jemand im Haus gewesen sein. Jemand außer der alten Frau und dem Mann im Keller. Jemand, von dem wir nichts wissen."

„Der große Unbekannte, ja. Ich habe auch schon daran gedacht. Wenn du alles eliminierst, was nicht sein kann, bleibt das Wahrscheinliche übrig. – Oder so ähnlich."

„Vielleicht war er es, den sie gesehen hat, als sie erschrak und fiel. Und nicht der Kerl im Keller. Irgend etwas muß sie gesehen haben, das den Schreck ausgelöst hat – und den Herzanfall. Irgend etwas. Oder irgend jemanden."

„Ja", sagte Bräutigam und schluckte hörbar. Sein Adamsapfel machte gewaltige Sprünge. „Wir drehen uns immer im Kreis. Es muß noch jemand im Haus gewesen sein. Er hinterließ keine Fingerabdrücke und keine Spuren, und wir wissen nicht, wie er hineinkam. Die Putzfrau hatte keinen eigenen Schlüssel. Und auch sonst niemand. Aber es ist jemand dagewesen. Er war es, der die Tür im Keller verschloß und den Schlüssel mitnahm."

„Und er war es auch, der den Notrufknopf betätigte. Denn daß die Alte zum Signalgerät kriecht, den Knopf betätigt und sich dann wieder zurückschleppt und den Kopf wieder genau in die Blutlache legt, wo sie hingefallen war, halte ich für ein seltenes Kunststück."

Beide hatten sich wieder umgedreht und starrten sich an.

„Was ist in diesem Haus geschehen?" sagte Bräutigam. „Was um alles in der Welt ist da passiert?"

Die Männer sahen sich an, einer den anderen, schweigend, und wußten keine Antwort.

Sie trafen sich nie

Es hätte alles so schön sein können. Wie sie sich beäugt hätten, bei ihrer ersten Begegnung, mit scheuen, versteckten Blicken, die sich immer wieder kreuzten. Er hätte ihr vielleicht zugelächelt, und sie hätte verlegen den Blick gesenkt. Oder sie hätte gelächelt, und er, der gerade mit jemandem sprach, hätte nur noch dann und wann mit dem Kopf genickt und gar nicht mehr richtig zugehört. Sie wäre ihm nicht mehr aus dem Sinn gegangen, und sein Bild hätte sich bis in ihre Träume geschlichen, und sie hätte den Wunsch, ihn wiederzusehen, noch eine Weile verschlüsselt, obwohl sie ihn längst verstanden hatte.

Sie waren sich so nah, lebten so lange in derselben Stadt. Wie die Bahnen von Kometen hätte man ihre Wege berechnen können und die Chancen, daß sie sich je überschneiden würden.

Verena war eine verträumte Frau mit leuchtend grünen Augen. Sie war hübsch, auf ihre Art. Aber nicht wie die Katalog-Modelle. So schlank wie die war sie lange nicht. Ihr Haar war nicht wirklich hellblond, sondern von Natur aus sandfarben. Und ihr Mund sah immer etwas verzogen aus, eine eingefleischte Verwerfung zur linken Seite hin. Es war nicht so, daß sich ständig alle Männer nach ihr umdrehten. Aber wenn sie einen ansah und lächelte, dann passierte eines dieser Dinge, die Menschen nie ergründen werden, auch wenn sie es noch so sehr versuchen.

Leon war auch nicht gerade ein trojanischer Held. Eher der feingliedrige Typ, ein wenig blaß. Wenn er lachte, sah man am Oberkiefer sein Zahnfleisch, und weil er das wußte, lachte er nur verhalten oder hielt sich die Faust vor den Mund. Das war eisern antrainiert, er vergaß es nie. Verschiedentlich wurde es so ausgedrückt, daß er ganz gut aussehe, abe leider ein bißchen schmal geraten sei.

Unter den Milliarden von Menschen hätte man sie an ihren kleinen Träumen erkennen können. Diese kleinen Träume, die alle Menschen haben. Sie träumte davon, ein Himmelbett zu haben wie eine Leinwand-Prinzessin. Und ein Boudoir mit Schminktisch und Samtvorhängen. Er träumte davon, in einem Hausboot zu leben, auf den Kanälen und Grachten in Holland und Flandern.

Sie lebten in derselben Stadt, und für einige Jahre sogar nur ein paar Straßen voneinander entfernt. Ohne voneinander zu wissen. Ohne etwas voneinander zu ahnen. Ohne jemals für möglich zu halten, daß es den anderen geben könnte. Wie zwei Punkte auf einem Radarschirm näherten sie sich manchmal einander an und entfernten sich wieder. Am weitesten voneinander entfernt waren sie in einem Sommer, als Leon mit der transsibirischen Eisenbahn bis nach Irkutsk fuhr – auch das ein kleiner großer Traum, endlich verwirklicht – und Verena gleichzeitig in Toronto eine Tante besuchte. Am nächsten waren sie sich in der Zeit, als Leon die Hotelfachschule besuchte und morgens mit der Bahn unter ihrem Fenster vorbeifuhr, wenn sie noch schlief. Auf den Straßen und Brücken der Stadt begegneten sie sich manchmal, in Straßenbahnen sitzend, die aneinander vorbeifuhren. Einmal hätte er sie sehen können, wenn er nicht in Gedanken versunken, wie so oft auf die Stadt und den Fluß gestarrt und die Bahn nicht bloß als lästiges Hindernis wahrgenommen hätte. Viermal kam es im Laufe der Jahre vor, daß sie im Gewühl der Einkaufsstraßen aneinander vorbeigingen, und einmal standen sie sogar auf der selben Rolltreppe, er ihr elf Stufen voraus.

Und einmal kamen sie sich ganz nah. So nah, daß es nur noch einen Moment gebraucht hätte, bis sie sich gegenüberstanden. Es war bei einer Premierenfeier für ein Musical. Sie hatte die Kostüme mitentworfen, er kam als guter Freund eines der Nebendarsteller. Sie trug ein rotes, elegantes Kleid und hatte Glitzersternchen auf den Wangen, er kam in einem taillierten weißen Jackett und ausgefransten Jeans, mit pomadig glänzenden, zurückgestrichenen Haaren. Er ging hinüber zu einer Gruppe von Herumstehenden, um jemanden zu begrüßen, sie, in eben jenem Kreis stehend, wurde in diesem Moment von einer Bekannten in Richtung Bühne gewunken. Es hätte nicht mehr gebraucht als ein Zögern, einen kurzen Blick zurück, oder daß er nicht aufgehalten worden wäre im Gewühl, von einem Pärchen, das mit verschlungenen Händen seinen Weg kreuzte. Warum hatte sie diesen Wink nicht übersehen, und warum war er eine Minute zuvor stehengeblieben und hatte so umständlich in seiner Hosentasche gekramt? Es schien doch alles schon perfekt, so gut berechnet, aber dann fehlten drei Sekunden, nur drei Sekunden, die sie gebraucht hätten, um einander zu begegnen. Sie küßte so, wie nie eine Frau ihn geküßt hatte oder je küssen konnte, und er ahnte es nicht einmal. Er hätte sie immer zum Lachen bringen können, wenn sie traurig war, und hätte ihr Geborgenheit geben können, in einem Ausmaß, das sie sich nicht einmal vorstellen konnte.

Drei Sekunden, und er hätte ihre grünen Augen gesehen und die Sternchen auf ihren Wangen, und alles wäre besiegelt gewesen.

Aber sie trafen sich nie.

Sie heiratete einen Börsenmakler ohne jeden Sinn für Romantik, der sie betrog und mit zwei Kindern sitzenließ. Mit 44 wurde sie zum zweiten Mal geschieden und zog dann mit einem Mann in die Schweiz, wo sie nie glücklich wurde. So daß sie eines Tages zurückkehrte, in ihre Heimatstadt. Ihr Himmelbett bekam sie nie, und sie hörte auf, davon zu träumen.

Er heiratete spät, nach vielen wechselnden, letztlich immer unglücklichen Beziehungen, und nach zwei Jahren der fortschreitenden Entfremdung, schon angesichts der Trennung, starb seine Frau bei einem tragischen Unfall. Es machte ihn bitter und ließ ihn endgültig das Leben als eine auferlegte Last empfinden.

Noch einmal in ihrem Leben kamen sie sich so nahe, daß sie einander hätten sehen können. Verena und Leon, beide einsam, beide auf ihrem Weg durch die Straßen und hinunter zum Fluß. Aber auch diese Chance ging vorüber.

Warum … warum blieb er nicht stehen und blickte ein letztes Mal auf das vorbeiströmende Wasser, als sie langsam herankam?

Und warum ging sie nicht ein bißchen – nur ein kleines bißchen – schneller?

Hinter den Bergen, auf der anderen Seite

Es war ein merkwürdiges Gesöff, das merkte ich gleich. Schon als ich es auf der Zungen spürte, passierte etwas Eigenartiges. Dieser Geschmack ging durch und durch. So würzigscharf. Und gleichzeitig mild. Süß und bitter und salzig und herb und alles durcheinander.

Da saß ich also, in einem Landgasthaus am Ende der Welt. Ende der Welt, das sagt man so. Aber ich hatte wirklich keine Ahnung mehr, wo ich gelandet war. Hatte das Gebirge überquert und einen sich sirupartig dahinwälzenden Fluß, dessen Wasser aussah wie Klebstoff. Mit einer Fähre hatte ich übergesetzt, ein Floß an einem Tau, gezogen von einem uralten Mann, dem man die Kraft und das notwendige Geschick niemals zugetraut hätte. Sein knochiger Brustkasten, der aus dem lächerlich ausgeleierten Pullover hervorguckte, ließ vermuten, daß er jeden Augenblick zusammenbrechen würde. Eine Verständigung war nicht möglich gewesen. Mit dem, was ich mir jenseits der Berge notdürftig angeeignet hatte, kam ich hier nicht mehr weiter. Diese Sprache klang ganz anders, schien überhaupt keine Ähnlichkeit mehr zu haben. Ich mußte eine Grenze überquert haben, ohne es zu merken, und das zeigte mir das Ausmaß meiner Desorientierung.

War ich denn so weit nach Norden geraten? Das Klima war rauh, die Landschaft felsig und nur karg bewachsen. Das alles glich mehr einer Einöde. Was ich in der Ferne gesehen hatte, schien eine Straße gewesen zu sein, weil zweimal Laster darüber gerattert waren, aber als ich sie erreichte, hatte ich auch eine Erklärung für das moderate Tempo der Fahrzeuge. Denn es war nicht mehr als eine ausgefahrene Trasse mit breiten Spurrillen und riesigen Löchern. Keine Ahnung, wo sie letztendlich hinführte. Schilder hatte ich keine gesehen.

Es war fünf Tage her, daß ich die Stadt auf der anderen Seite der Berge verlassen hatte. Man konnte es kaum eine Stadt nennen, jedenfalls nicht in zivilisiertem Sinne. Es war nur ein Wust von Bauten gewesen, ohne Stil, ohne Ordnung, ohne erkennbaren Plan. Ich mußte irgendwo eine Abzweigung verfehlt haben.

Der Wein – war es Wein? – schmeckte harzig-bitter und doch süß. Kaum hatte ich den ersten Schluck getan, geschah etwas Merkwürdiges. Ich begriff plötzlich, daß mein Barlow-

Messer nicht unterwegs aus der Seitentasche meines Rucksacks gefallen war, wie ich vermutete, sondern daß der scheinbar so rheumatische, hilflose Greis, mein Bettnachbar in der letzten Herberge, es gestohlen hatte. In der Erinnerung sah ich das Glitzern seiner Augen vor mir, als wir uns verabschiedeten. So vorsichtig ich auf meiner Reise geworden war, ich hätte diesem Alten nie etwas Böses zugetraut. Jetzt konnte ich seine Verlogenheit am Blick seiner Augen ablesen, nachträglich, und ich wußte, daß er mein Messer genommen hatte.

Grinsend saß ich da und schüttelte den Kopf über meine eigene Dummheit.

Ich nahm gedankenverloren noch einen Schluck aus dem hohen, schmalen Glas. Es war wohltuend, brannte leicht auf der Zunge. Ich sah mich in der Gaststube um, musterte verstohlen die Gruppe von Männern an einem der hinteren Tische, die dort dicken, gelblichen Rauch verbreiteten und sich eifrig einem Spiel widmeten, mit einer Art von Domino-Steinen, nur daß sie weiß waren und Symbole aufwiesen. Sie knallten die Spielsteine so beherzt auf den Tisch, wie man es bei uns mit Karten tat. Mit den hellen Klötzchen, die wie Kinderspielzeug wirkten, sah es lächerlich aus. Aber ich konnte mich kaum auf das konzentrieren, was sie taten, weil mir plötzlich etwas einfiel, während ich das Glas absetzte.

Vor Jahren hatte ich in einem Institut in Wien an einem Projekt mit Gehörlosen mitgewirkt, bei dem es um die Entwicklung neuer Kommunikationsmöglichkeiten ging. Das war noch zu der Zeit, bevor ich Delia kannte, mit er ich eigentlich mein ganzes Leben hatte verbringen wollen. Ich war nur vier Monate dort gewesen, und während dieser Zeit hatte ich mit Marion, einer jungen Pädagogin zusammengearbeitet. Jung, das heißt, sie war drei oder vier Jahre älter als ich. Sie war nett, wir verstanden uns gut und unterhielten uns manchmal in der Kantine oder auf dem Korridor. Es gab da einige nette Leute, ein ganzes Team, und irgendwie war sie nur ein Teil des Ganzen gewesen, und sie war mir nie sonderlich aufgefallen. Vielleicht hatte ich nicht weiter auf sie geachtet, weil sie so ein Theater um ihren Freund machte, den sie schon lange kannte und den sie gedachte zu heiraten. Ich hatte ihn nie gesehen, denn er hatte sie nie abgeholt, und kannte ihn nur aus Erzählungen.

Jetzt ging mir auf, daß es diesen Freund nie gegeben hatte. Sie hatte ihn erfunden und ihn mir demonstrativ vorgehalten, weil sie in mich verliebt gewesen war.

Ja, sie war in mich verliebt gewesen, und ich Esel hatte es überhaupt nicht gemerkt. Warum hatte sie sich mit dieser Geschichte bloß selbst so hoffnungslos für eine Romanze disqualifiziert? Ich erinnerte mich dunkel an die Weisheiten Pubertierender, nach denen Mädchen einem demonstrativ die kalte Schulter zeigten, gerade dann, wenn sie selbst interessiert waren. Seltsam, daß mir das jetzt einfiel, hier in dieser Abgeschiedenheit. Als ich so dasaß und darüber nachdachte, erschien eine Frau in dem Durchgang hinter der schäbigen, abgewetzten Theke. Offenbar hatte man sie gerufen, und auf einen Wink hin kam sie an meinen Tisch und sprach mich an. Auf den ersten Blick war sie nicht mehr jung, mochte schon an die sechzig sein, aber durch die Erfahrungen während der Reise geschult, sah ich im nächsten Moment, daß sie wie fast alle Frauen und auch Männer in diesem Teil der Welt viel älter aussah als sie wirklich war. Ihre Haut war sonnenverbrannt und voller eingewachsener Falten. Harte, immerwährende Arbeit hatte ihre biologische Uhr beschleunigt. Eine Reihe kleiner, etwas schiefer Zähne kam zum Vorschein, als sie lächelte. Ihr langes dunkles Haar war das einzige, was an ihr auf den ersten Blick schön war. Mit Schrekken erkannte ich, daß sie nicht älter sein konnte als vierzig.

Mir war klar, daß sie mich wegen des Essens angesprochen hatte, aber was sie im einzelnen sagte, konnte ich mir nicht ganz zusammenreimen. Ich sagte ihr, sie solle mir irgend etwas bringen, und dann versuchten wir uns in Handzeichen, ohne Aussicht auf Erfolg. Schließlich sagte ich ihr resigniert, sie solle mir noch mehr von dem Wein ausschenken, und trank den Rest aus dem Glas, um es ihr in die Hand geben zu können.

Und plötzlich verstand ich, daß sie versuchte, mir klarzumachen, daß sie nicht mehr bieten könne als Bohneneintopf mit Brot. Ich nickte erleichtert und wies mit dem Finger auf das leere Glas. Sie nahm es und blickte im Abwenden ernst und ein wenig traurig in dem rauchgeschwängerten Raum umher. Da sah ich für einen Augenblick, nur für eine Sekunde, das Mädchen in ihr, das sie einmal gewesen war, und die alte Frau, die sie sein würde, schon in wenigen Jahren.

Den Wein brachte ein grobschlächtiger, schnauzbärtiger Kerl mit wuchtiger Kinnlade, während die Frau hinter der Theke weitere Getränke ausschenkte. Ich dankte mit einem Nicken und trank einen großen Schluck. Als ich wieder zur Theke blickte, wußte ich plötzlich, daß dieser Mann mit dem mächtigen Kiefer und dem struppigen Schnurrbart, der sie gerufen und mir das Glas gebracht hatte, der Bruder ihres verstorbenen Mannes war, der jetzt mit ihr zusammenlebte. Ich wußte, daß er sie schlug, und wie sehr sie ihn haßte, und die ganze Schäbigkeit dieses Lebens, die Verkommenheit der Räume jenseits der Theke und hinter dem Treppenaufgang im oberen Stock drang auf mich ein, obwohl ich doch nicht dort gewesen war und es nicht wirklich wissen konnte. Ich horchte auf das, was die Männer am Tisch sagten, und begriff, daß es nicht mehr um die Spielzüge ging, die sie jetzt mechanisch ausführten, sondern um die Bären aus den Bergen, die immer öfter in die Ebene kamen und das Vieh rissen. Ich nippte an meinem Glas und hörte, wie einer von ihnen sich fragte, ob man den Fremden – also mich – nicht warnen müsse.

Mir schwindelte der Kopf. Aber das lag nicht an der Wirkung des Alkohols. Zwar spürte ich eine einsetzende Entspanntheit und angenehme Ruhe, die sich in mir breitmachte, aber gleichzeitig eine eigenartige Klarheit des Verstandes.

Das hier war grotesk. Ich konnte nicht verstehen, was diese Männer sagten. Und doch wußte ich, wovon sie sprachen.

Und jetzt war mir auch klar, was die beiden alten Männer von mir gewollt hatten, heute vormittag, als ich einen schäbigen Hof und ein Gatter mit zottelhaarigen Ziegen passierte. Sie hatten versucht, mir ihren Rübenschnaps aufzuschwatzen, im Tausch gegen irgend etwas, was ich vielleicht im Rucksack hatte.

Und ich hatte überhaupt nicht gewußt, wovon sie redeten.

Die Frau kam und brachte die Schüssel und das Brot. Warum hatte ich gehofft, daß *sie* es brachte? Als sie es auf den Tisch stellte, hätte ich ihr beinahe über die Hand gestrichen. Ich konnte es gerade noch verhindern. Es durchlief mich heiß und kalt. Das war haarsträubend! Die Geste wäre ein sicherer Weg gewesen, mich in Schwierigkeiten zu bringen. Ich hatte Mitleid mit ihr, ja. Sie tat mir leid, weil sie hier leben mußte, in einer begrenzten Welt, mit einem begrenzten Horizont, eine vor der Zeit gealterte Frau. Die Anwandlung zärtlicher Hingabe mußte anders erklärbar sein. Ich war seit Wochen mit keiner Frau intim gewesen, und sie hatte schönes, fast schwarzes Haar. Und schöne Augen, wie ich festellte, als sie den Blick hob. Wir sahen uns zwei, drei Sekunden lang ernst an, ehe sie scheu lächelte und sich hastig abwandte.

An den Wänden hingen die Felle von Tieren, ein hölzerner Kasten, dessen Funktion mir vollständig verborgen blieb, aus Stoff geknüpfte Wandbilder. Zögernd machte ich mich an die

Mahlzeit, tunkte das Brot in die dickflüssige Masse und studierte beim Essen die Details in dieser düsteren, tranig riechenden Schankstube. Das Gericht war scharf, ich trank von dem Wein.

Ich spürte, wie die Klarheit sich in meinem Verstand ausbreitete, immer neue Regionen erreichte wie eindringendes Hochwasser in ein Höhlensystem, das Gang auf Gang überschwemmt und sich durch immer neue Durchlässe und ungeahnte Passagen ergießt. Wie sich in meinem Geist Horizonte beiseiteschoben, jeder von ihnen wieder nur Täuschung und Kulisse, wie bei einer Wanderung, bei der sich endlos ein Hügel hinter dem anderen auftut.

Ich betrachtete diesen Ort, als hätte ich vorher gar nichts richtig gesehen: den ausgestopften Vogel über dem alten Kohleofen in der Ecke, die Wandbilder, die Theke, die Männer am Tisch, die unablässig rauchten, den Mann mit dem Schnurrbart, dessen Schankhaus das war und der – ich wußte es – nicht mehr lange leben würde.

Plötzlich wurde mir alles klar: daß Delias Affäre schon über ein Jahr gegangen war, bevor wir uns trennten und der Zusammenbruch meiner Welt begann, daß sie zwei-, dreimal wöchentlich bei diesem Kerl gewesen war. Daß sie es nicht übers Herz gebracht hatte, es mir zu sagen. Wie sie sich gequält hatte und nur aus Mitleid bei mir geblieben war. Das Kind, das sie abgetrieben hatte, ohne daß ich überhaupt von seiner Existenz gewußt hätte, und auch, daß sie nicht wußte, wessen Kind es war.

Ich wußte plötzlich so vieles. Was damals mit unserer Katze passiert war, die eines Tages einfach verschwand. Warum Marianne, das Nachbarsmädchen zu meiner Kinderzeit, plötzlich so schweigsam wurde, so blaß und in sich gekehrt. Was sie erduldet hatte, in dem fensterlosen Hinterzimmer des kleinen Supermarktes, wieder und wieder.

Daß der alte Mann, der mir, als ich ein Junge war, Flöten geschnitzt und mit mir Flugzeuge gebaut hatte, und den ich über alles geliebt hatte, vor langer Zeit in einer Uniform Menschen zu ausgehobenen Löchern beordert hatte, in die sie hineinfielen, als er den Arm senkte und die Kugeln sie trafen.

Daß der Mann, der mich großgezogen hatte, nicht mein Vater war.

Das träume ich, schoß es mir durch den Kopf. Das ist nicht real. Ich schlafe, ich bin nicht wirklich hier, ich habe den Verstand verloren.

Als ich aufsah, stand sie vor mir, das lange Haar an einer Seite hinters Ohr geschoben, wo ein glitzernder goldener Ohrring pendelte.

„Dieser Wein …", sagte ich. „Was ist das für ein Getränk?"

Sie sah mich an, mit ihren großen dunklen Augen.

„Schhhh …", machte sie mit leicht gespitzten Lippen und legte, unsichtbar für die Männer am Spieltisch, deren Blicke ihr Körper abschirmte, ihre Hand auf meine.

„Trink", sagte sie.

Ohne den Blick von ihr abzuwenden, setzte ich das Glas an die Lippen und trank, trank artig und unbeherrscht wie ein Kind. Und da wußte ich, was in den kommenden Stunden passieren würde, und daß ich es war, der den Mann mit dem struppigen Schnurrbart, der jetzt hinter der Theke stand, noch in dieser Nacht töten würde.

Diese wunderbare Stadt

Du kannst an jedem beliebigen Tag in diese Stadt kommen. Diese wunderbare Stadt. Hier gibt es ein traumhaftes Meer von Häusern, die Dächer schwarz und rot, und diese Dächer haben eine wechselvolle Geschichte. Vor langer Zeit waren sie voller rauchender Schornsteine, und im Winter, an kalten Tagen, lag über den Straßen manchmal ein Dunstschleier und ein Geruch nach Ruß. Kohlenhändler nahmen täglich ihren Platz im Szenario ein. Später, als die Rauchschwaden nach und nach immer spärlicher geworden waren, ragten auf dieser Dächerlandschaft Fernsehantennen wie wilde Gewächse in die Höhe, deren Bizarrheit etwas Künstlerisches hatte: eine gelebte Form des Surrealismus, schön in ihrer Häßlichkeit. Vorübergehend breitete sich dann Leere aus, als die Antennen nach und nach verschwanden, doch nur vorübergehend, denn bald wurden Häuserwände und Dächer von neuen Wucherungen befallen, als Satellitenschüsseln wie Pilze aufschossen. Ja, von Ferne, aus der Vogelperspektive, macht die Stadt jetzt zunehmend den Eindruck einer Naturlandschaft, einer Symbiose von Gewächsen. Alles ragt und wuchert und scheint zu wachsen. Betrachte nur eine Stadt von oben. Es gibt nichts Schöneres.

Wir haben Straßenbeleuchtung, Kanalisation, Leuchtreklamen. Tageszeitungen, Radio- und Fernsehsender. Unterführungen, Brücken und Zubringer. Stadien, Arenen, Kampfbahnen. Museen, Theater, Kinos, Bars. Kirchen und Bordelle. Aus allen Himmelsrichtungen und aus aller Herren Länder kommen Leute täglich in diese Stadt und staunen. Sie stehen mit offenen Mündern, irren umher wie in einem Labyrinth, unterliegen so völlig dem Gesetz der Zufälligkeit, daß es geradezu berauschend ist. Das Gesetz der Spontaneität aller Dinge spuckt sie zufällig aus in Restaurants und in Museen, läßt sie an Straßenkreuzungen, die Blicke nach oben gereckt, aus dem Irrgarten auftauchen, wo zufällig gerade ein Auto vorbeirauscht, zufällig eines von Tausenden, wo eine Frau ein schreiendes Kind in einem Kinderwagen schiebt. Du kannst dich jederzeit einreihen in dieses brodelnde Leben. Jederzeit könntest du einer von ihnen werden. Mach dich auf, am Wochenende, nimm dir Urlaub, sag, du seist krank, und fahr los, hundert, fünfhundert oder fünfzehnhundert Kilometer, nimm ein Flugzeug von einem anderen Kontinent, und du kannst noch heute einer von uns sein, kannst dich noch heute verewigen in der mikrokosmischen Geschichte dieser Stadt. Ein Mann aus Phoenix/Arizona, der morgens aufbricht, kann schon abends hier sein, in den Textilfasern seiner Kleider rötlichen Staub.

Diese Stadt hat viel zu bieten.

Da gibt es Herren mit seidenen Krawatten und dunklen Anzügen, die zügig, aber mit zur Schau getragener Gelassenheit über die Gehsteige schreiten, in dem Bewußtsein, daß diese Stadt gewissermaßen ihnen gehört, die doch täglich dieselben Wege wandern, am selben Tisch in der Kantine oder in einem Imbiß essen, wo man sie namentlich kennt, begrüßt und ihnen die nötige Ehrerbietung erweist: Menschen, die mit einem Ort verwachsen sind, ihn prägen, ja ihn eigentlich ausmachen, und selbstgefällig ergehen sie sich in der Frage, was die Stadt ohne sie wäre. Mit der Selbstverständlichkeit ihrer routinierten Bewegungen halten sie diese Stadt fest in einem Korsett der Alltäglichkeit.

Da gibt es arme Leute und reiche. Die einen flanieren entlang der Schaufensterreihen und speisen in exklusiven Etablissements. Andere strolchen entlang einer Route, die von Abfallbehältern festgelegt wird, und fischen angebissene Brötchen und Hamburger aus der rein zufälligen Collage aus Abfällen, die ebenfalls etwas Künstlerisches hat, jede ein Unikat. Es gibt Straßenhändler, Pflastermaler, Hütchenspieler, abgebrannte Musikanten, Geschäftsleute, Polizisten, Penner, einkaufende Hausfrauen, schuleschwänzende Kinder, sinnlos herumhängende Jugendliche, Kriminelle, Drogensüchtige, Ehrenmänner, mit und ohne Ehre. Der Bahnhof: ein Schmelztiegel der zivilisatorischen Dekadenz, ja, man möchte behaupten, daß Dekadenz sich erst im Bewußtsein unserer Kultur verankert hat, seit es Bahnhöfe gibt.

In jeder einzelnen Sekunde passieren die unglaublichsten Dinge in dieser Stadt, und die trivialsten sind dabei oft die unglaublichsten. Nimm dir einen beliebigen Augenblick, und du kannst sicher sein, daß alles passiert, alles nur Erdenkliche. Jemand tritt seinem Hund auf den Schwanz. Ein Schulkind macht ein Eselsohr ins Heft. Gerade setzen bei jemandem starke Zahnschmerzen ein, Vorboten einer Extraktion. Eine Hausfrau stürzt von der Leiter und befindet sich soeben im Fall. Mehrere Ehemänner, Opfer von Arbeitslosigkeit, Schichtarbeit, Invalidität, Krankheit oder Urlaubsplanung, begatten gerade ihre Frauen oder Töchter. Starke Getränke werden durch Kehlen gegossen, Essen wird in Münder gestopft, Rauch inhaliert. Menschen sitzen in Straßenbahnen, Badewannen, Kinosesseln, auf Wartezimmerstühlen. Ein Junge bekommt eine Ohrfeige. An verschiedenen Orten der Stadt knabbern Ratten an etwas Eßbarem. Hosenschlitze werden zugemacht und Verschlüsse geöffnet. Es wird gegessen, getrunken, gesungen, getanzt, gehämmert, geschliffen, gerührt, gewaschen, gekratzt, gejammert, geschrien, geflüstert, geschlafen und geträumt, gelitten, gestorben, telefoniert, applaudiert, geniest und gegähnt. Diese Stadt bringt es in ein und demselben Augenblick auf bis zu fünfhundert onanierende Halbwüchsige und Männer. Touristen kehren aus fernen Ländern zurück, lachend, todbringende Viren im Blut. Ein Kind wird gerade geboren. Tumore beginnen zu wachsen und Heilungen setzen ein.

Es gibt schreiende Kinder, schnatternde alte Frauen. Katzen in Kellern, auf Wiesen, dunklen Gassen, in Wohnungen, auf den Dächern. Hunde urinieren und koten auf Bürgersteige. Im Fluß schwimmen unsichtbar Fische im schlammig-trüben, stinkenden Wasser. Frauen in kurzen Röcken, die im Takt ihres wiegenden Ganges hin- und herschlenkern, ziehen ihre Lippen nach, werfen das Haar zurück. Alte Männer schweigen. Menschen schwitzen in Instituten und Firmen und Betrieben. Man spricht Deutsch und Englisch und Spanisch und Türkisch und Kurdisch und Französisch und Niederländisch und Dänisch und Polnisch und Russisch und Italienisch und Griechisch und Portugiesisch. In einem Hinterhof singt jemand ein Lied auf Suaheli.

Nenne mir etwas, was diese Stadt nicht haben könnte, und ich sage dir, wir haben es. Diese Stadt hat alles nur Erdenkliche. Getrocknetes Edelweiß, in Bücher gepreßt? Hunderte! Gestein vom Mond? Liegt in einem Institut zwecks Untersuchungen, die aber zu teuer sind. Der Forschungsetat wurde gekürzt. Schwanzhaare eines tibetischen Wildesels? Ganzer Stolz eines passionierten Weltenbummlers. Prostituierte aus Kolumbien? Wir ersticken daran.

Wir haben alles: Hunde, die Rubinringe verschluckt haben; Kleider, die nie getragen seit Jahrzehnten in muffigen Schränken hängen; Krokodile in Badewannen; Erhängte auf zugigen Dachböden; Verträge, Pässe und schlechte Klassenarbeiten mit falschen Unterschriften; Heiligenbilder; römische Münzen; in ihren Wohnungen verstorbene Rentner, die seit Wochen unbemerkt verwesen. Dinge, die nie geschehen sind, und Worte, die nie gesagt wurden.

Dein Beitrag kann diese Stadt verändern. Es muß nichts Großartiges sein. Eine Zigarettenkippe, ausgetreten an einer U-Bahnstation. Ein schmutziges Handtuch in einem Hotel. Ein Mundvoll Zahnpasta und Zahnbelag für die Kanalisation. Das Trinkgeld für einen Kellner. Ein Kotzfleck an einer Häuserwand, den man noch einige Wochen lang sehen wird, langsam verblassend. Spuren von Straßenschmutz auf einer Fußmatte. Lippenstift an Weingläsern. Eine überflogene Zeitung in einem Abfallkorb. Ein Geldstück für einen Einbeinigen in der Gosse. Ein paar Schuppen am Jackenärmel des Nachbarn in der Straßenbahn. Eine Ansichtskarte an einen Freund mit dem Bild der Stadt.

Ein unbekannter Mann, der für immer verschwand, hat einmal einer unserer Frauen ein Kind gemacht, und dieses uneheliche Kind wurde später der Mörder zweier kleiner Ballettschülerinnen. Eine unbekannte Fremde mit einem Koffer erinnerte einmal einen Staatsanwalt so schmerzlich an seine tödlich verunglückte Tochter, daß er sich am selben Abend in der Garage mit Abgasen vergiftete. Und die Zeitungen änderten in letzter Minute ihre Titelseiten.

Wir danken dir, Unbekannter! Wir danken auch dir, Unbekannte! Auch durch euch und gerade durch euch lebt diese Stadt.

Diese wunderbare Stadt.

Die Männer am Hafen

Sie trafen sich am alten Hafengelände, inmitten einer Kulisse, die in keiner Filmstadt besser zu errichten gewesen wäre. Hinter dem verrosteten Werktor erstreckte sich eine skurrile, weitläufige Landschaft der Trostlosigkeit, die ihren eigenen perversen Reiz reklamierte. Schmutziges, abgenutztes Kopfsteinpflaster erstreckte sich bis zum braunen Wasser des Hafenbeckens, das in der schneidenden Kälte des unerwartet rauhen Winters zugefroren war. Rostige Gleise führten parallel zum Wasser in riesige, gedrungene Hallen, deren Einfahrten dunkel und torlos klafften wie geöffnete Mäuler. Entlang des versandeten Beckens standen in regelmäßigen Abständen die altgedienten, unzeitgemäßen Kräne. An den Kabinen blätterte die Farbe ab; die Fenster waren grau von Schmutz. Die Eisenkonstruktionen ragten hoch in den grauen Himmel: Unvorstellbar, daß Menschen diese Ungetüme erklettert und dort oben täglich ihre Arbeit verrichtet hatten. Rostige Container versperrten die Sicht auf den hinteren Bereich des Geländes, wo am Kai die Aufbauten verrotteter Schiffe undeutlich zu erkennen waren, und dahinter, in der Ferne, die Türme des Doms. Es war eine apokalyptische Szenerie des Stillstandes, des völligen Verharrens der Dinge, zumal alles unter einer dicken Schicht glitzernden Rauhreifs wie eingefroren wirkte.

Die Stille des Sonntags in den benachbarten Stadtteilen verstärkte noch die Atmosphäre völliger Abgeschiedenheit. Es war eine Welt, in der es keine Geräusche und keine Bewegungen zu geben schien. Nur vom Fluß her, jenseits der Hafenmole, war manchmal das Motorengeräusch der Lastkähne zu hören, weit entfernt. Der Wind trug die Geräusche zur anderen Seite des Flusses. Hier, wo früher wochentags Lärm und große Betriebsamkeit geherrscht hatten, zeigte sich auch jetzt nicht einmal ein Vogel, nicht einmal eine der Möwen, die in der Ferne über dem Wasser kreisten.

Arconada blickte auf zu dem Kran mit der verblichenen Acht und verzog die Augenbrauen in Mißbilligung der Vergänglichkeit. Als er weiterging, knirschte der Schnee unter seinen Schritten und durchbrach die Stille unangenehm. Widerwillig, sich ab und zu nervös umblickend, ging er an den gewaltigen metallenen Quadern entlang und an den Werkhallen vorbei bis zum hinteren Teil des Kais, wo einige rostige Schiffe vertäut waren.

Schilder in grellen Farben, mit einem Ausrufezeichen am Ende jedes Satzes warnten nachdrücklich vor dem Betreten dieser Wracks, aber er überwand diese unsichtbare Barriere so zielstrebig, als besagten die Botschaften genau das Gegenteil.

Nachdem er sich nochmals umgesehen hatte, betrat er eines von ihnen, ein altes Fährschiff, auf dem er leise und mit äußerster Vorsicht immer ein paar Schritte unternahm, um dann innezuhalten und angespannt zu lauschen. Das etwas schräg liegende Deck war übersät mit allem möglichen Unrat, Schmutz, Papier und zerdrückten Dosen, und Spuren von Öl und Schlamm zogen sich der Neigung entsprechend bis an die Steuerbordseite.

Drinnen sah es nicht besser aus. Als er eine der Türen mit einem verwitterten Holzrahmen mühsam öffnete, kam ihm unangenehm kalte, stickige Luft entgegen, und er stelzte vorsichtig über die Spuren der Eindringlinge, Zeugnisse über den Verlauf des jahrelangen Verfalls. Trockenes Laub, Dosen und Pappbecher bedeckten unregelmäßig den Boden. Die Polster der Passagiersitze waren größtenteils aufgeschlitzt und mit Sprüchen und Nachrichten beschriftet, die über die Wirkung der Warnschilder Bände sprachen und die eine Minute seine Neugier weckten. Die ältesten, die er in der Eile entdecken konnte, stammten immerhin aus einer Zeit vor zwölf Jahren.

Er stieg eine steile, eiserne Treppe hinunter und folgte einem Gang zum Heck des Schiffes, der sich in einen weiteren Passagiersaal öffnete, dessen Fenster so verschmutzt waren, daß ein Blick nach draußen nicht mehr möglich war. Der frostklare Wintertag wirkte hier drinnen dämmerig. Auf dem Boden konnte er Spuren eines Feuers ausmachen. Jemand, vermutlich Jugendliche, hatte dort etwas verbrannt. An die Wand war in hellgrüner Farbe ein Spruch gesprüht: *Diese Republik ist ein Schweinestall.* Es war die Art verhaltener, parteiunspezifischer, bemüht intellektueller Art von Wandparolen, die hierzulande üblich waren und offenbar als sehr mutig betrachtet wurden, und während er plötzlich die beschmierten andalusischen Wände, Zäune und Mauern vor sich sah, geriet sein Lächeln ein wenig wehmütig. Nordeuropäische Wandparolen erschienen ihm seit den Jahren, die er in der Heimat seines Vaters verbracht hatte, immer wie das Werk von Dilettanten.

Zwischen den Touristenbänken zeugte angegraute, in Schmutz eingebettete weibliche Spitzenunterwäsche von den schönen Augenblicken eines heißen Sommertages. Der Raum war angefüllt mit Vergangenheit, und vermutlich hatten ihn bereits Hunderte heimlich betreten so wie er jetzt. Hier hatten Halbwüchsige das Repertoire ihrer Drohgebärden ausgeschöpft und mit aufwendigem Imponiergehabe Bierflaschen geleert und anschließend zertrümmert, Penner für eine oder mehrere Nächte Unterschlupf gefunden, Liebende sich im Schmutz gewälzt und Spaziergänger abseits der üblichen Wege ihre Blasen und Därme geleert. Ohne jede Heiterkeit wurde er sich bewußt, daß Menschen solche Örtlichkeiten vornehmlich betraten, um sich aller möglichen Körperflüssigkeiten zu entledigen. Der Verlust von Körperflüssigkeiten war immer eine Angelegenheit der Heimlichkeit.

Er beugte sich dieser Tradition und urinierte in eine Ecke.

Um zum Maschinenraum zu gelangen, mußte er eine weitere Treppe hinunter. Als er die unterste Stufe erreicht hatte, hörte er jenseits der rostigen Eisentür ein Geräusch. Er verharrte eine ganze Weile, dann nahm er all seinen Mut zusammen und stieß die schwere Tür auf, die wider Erwarten keinen Laut, keinerlei Quietschen oder Knarren von sich gab. In dem dahinterliegenden Raum herrschte Dämmerlicht; nur durch eine offene Luke zum Zwischendeck hin wurde es leidlich hell. Er blieb auch hier eine Zeitlang stehen, um seine Augen an die Verhältnisse zu gewöhnen, dann trat er vorsichtig ein paar Schritte nach vorne, wobei er dem Gewirr aus Kolben, Turbinen und Gestänge der altmodischen Maschine im Zentrum des Raums nach links auswich, wo es etwas heller war. Immer wieder blickte er sich nach allen Seiten um, und plötzlich sah er zu Boden, als er auf etwas getreten war, und wich entsetzt zurück.

Er war mit dem vollen Gewicht seines Körpers auf eine menschliche Hand getreten, ohne daß der Besitzer auch nur einen winzigen Laut von sich gegeben hätte.

Undeutlich erkannte er die zusammengesunkene Gestalt eines jungen Mannes, halb an die Wand gelehnt, der ihn aus starren Augen anglotzte. Das Herz schlug ihm bis zum Hals, und er stand einen Augenblick wie gelähmt, unentschlossen zwischen dem Impuls, hastig zurückzuweichen, und dem Drang, unbeweglich stehenzubleiben, um kein Geräusch zu verursachen, obwohl jeder, der sonst noch auf dem Wrack sein mochte, ihn ohnehin längst bemerkt haben mußte. Es gelang ihm, sich nicht zu rühren, und während er den Toten anstarrte, bemerkte er neben sich einen Schatten.

„Ein gut besuchter Ort", sagte plötzlich eine Stimme in unmittelbarer Nähe. „Es herrscht ziemlicher Andrang."

Arconada erschrak, war aber hörbar erleichtert, als er die Stimme erkannte.

Szolon entzündete ein Feuerzeug, das zunächst seine eigenen Züge beleuchtete, und hielt es nah an den Toten. Arconada sah jetzt das Spritzbesteck neben dem knochigen, abgezehrten Mann, der nicht älter zu sein schien als etwa dreißig. Ein unregelmäßiger, nicht allzu dichter Bart in dem länglichen Gesicht verstärkte den Eindruck der Abgezehrtheit noch. Während er die blutige Kanüle betrachtete, fielen ihm die Schnapsflaschen und das Spitzenhöschen ein, das im Eifer des Gefechtes verloren gegangen war, und er änderte seine philosophische Betrachtung dahingehend, daß Menschen ebenso eifrig verborgene Ecken aufsuchten, um Flüssigkeiten in sich aufzunehmen. Es sah aus, als sei es erst vor Stunden passiert, aber der Tote mochte auch schon tage- oder wochenlang dort liegen, denn die Kälte hatte ihn möglicherweise konserviert.

„Konnten Sie mich nicht warnen?"

„Nachdem mir die Spuren Aufschluß darüber gegeben hatten, wieviele heimliche Besucher dieses Wrack hat, hielt ich es für geratener, mich zuerst einmal still zu verhalten, bis ich sicher sein konnte, daß Sie es waren und nicht ein Überraschungsgast."

„Gibt es hier noch mehr solcher Überraschungen?"

„Bis jetzt noch nicht. Ich bin sicher, wir finden noch etwas Interessantes. Ein geschändetes Baby oder einen Fötus vielleicht."

„Ein entzückender Humor."

Szolon zuckte mit den Schultern. „Wenigstens ist der Kerl selbst schuld daran. Er hat die Waffen gewählt."

„Hat er das?"

„Jedenfalls hat er es hinter sich. Armes Schwein."

„Hätten Sie etwas dagegen, wenn wir diesen traulichen Ort verlassen und nach oben gehen?"

„Ganz und gar nicht."

Sie zogen die Tür hinter sich zu und gingen die Treppen hinauf und den Gang entlang, bis sie einen Raum erreichten, der früher offenbar dem Fährmann als Wohnung gedient hatte und vermutlich eine sehr gemütliche Kajüte gewesen war. Jetzt standen die Möbel aufgetürmt an der hinteren Wand, und nur ein alter Tisch war unter dem Fenster stehengeblieben, das ebenso schmutzig war wie die anderen und von dem aus man nur schemenhaft das Hafengelände erkennen konnte.

Szolon war ein kleiner Mann in einem braunen Mantel und weiten, grobfaserigen Stoffhosen, der immer verschmitzt zu lächeln schien, selbst wenn er ernst war. Dieser zementierte Gesichtsausdruck verführte leicht zu unpassend lässigen und heiteren Bemerkungen.

„Niemand sollte uns zusammen sehen oder von diesem Treffen erfahren", sagte er, in einer Sitzstellung auf den Tisch gestützt.

Arconada lachte durch die Nase. „Sie verstehen es wirklich, das Szenario eines alten Kriminalfilms heraufzubeschwören. Ein geheimes Treffen, und an einem solchen Ort! Wir hätten ein Losungswort ausmachen sollen."

„Ich kenne diesen Ort sehr gut."

Szolon machte eine lange Pause, in der er die Gegenstände, Tür und Wände eingehend betrachtete.

„Wußten Sie, daß diese Fähre meinem Großvater gehörte? Ich bin als kleiner Junge zusammen mit ihm gefahren. Er hat 30 Jahre lang die Leute von der einen Seite zur anderen gefahren, Tag für Tag, bei Wind und Wetter, außer wenn Hochwasser war oder dichter Nebel. Das hier war mein Paradies. Hier habe ich mir eingebildet, ein Seemann zu sein, und kam mir ungeheuer wichtig vor, wenn ich dabei helfen durfte, die Taue festzumachen oder die alte Maschine dort unten zu schmieren. Manchmal, als ich schon größer war, ließ er mich sogar das Steuer halten und brachte mir bei, wie man den Kahn genau an den Landesteg bringt, ohne auch nur damit in Berührung zu kommen. Das durfte natürlich niemand wissen. Ich könnte diese Fähre genausogut bedienen wie irgend jemand. Wenn es möglich wäre, würde ich sie aus dem Hafenbecken steuern und Sie auf der anderen Seite absetzen."

Die aufkommende Wehmut in seiner Stimme gebot Arconada, ihm nicht ins Wort zu falllen, aber auf ein langes Schweigen hin stand er auf und ging an eines der schmutzigen Fenster.

„Das ist komisch", sagte er.

„Was?" fragte Szolon.

„Als ich klein war, hat ein Onkel von mir dort oben in dem Kran gearbeitet. Der da mit der Nummer Acht. Man kann ihn von hier aus sehen."

Szolon folgte ihm ans Fenster und blickte durch die schmutzige Scheibe hoch zu der Kabine auf dem hohen Eisengestell, das noch immer auf den rostigen Schienen hockte, aber mit seinem Arm, den er sinnlos in den Himmel streckte, symbolisierte der Kran den Inbegriff des Verfalls, mehr noch als dieses Schiff, das drauf und dran war, in Stücke zu brechen.

„Manchmal kam ich mit meiner Mutter hierher, und von da oben winkte eine Hand mit der Geste eines Fürsten. Damals war ein Kranarbeiter für mich ein König, jemand, der in jeder Hinsicht über allem steht. Wenn er nach Feierabend herunterkam, stieg er gnädig zu den Menschen herab, und ich nahm ehrfürchtig seine Hand, und mit der scherzhaften Bemerkung, daß auch ich eines Tages vielleicht mal dort oben sitzen würde, schlug er unbedacht eine tiefe Wunde, denn ich träumte jahrelang davon. Es kam mir wie etwas Großartiges vor. Manchmal, wenn er uns dort unten, nicht größer als Ameisen, erkannt hatte, vollführte er mit dem Arm des Krans schwerfällige rhythmische Bewegungen, eine Art Winken. Ich wußte, das war etwas, was mir galt, mir allein."

„Das nenne ich einen Zufall", sagte Szolon.

„Sie haben sich sicherlich gekannt. Ihr Großvater und mein Onkel."

„Das ist sehr wahrscheinlich."

„Ich erinnere mich sogar, mit dieser Fähre selbst schon gefahren zu sein. Obwohl ich sie nicht so groß in Erinnerung habe. Ihr Großvater war ein kleiner, glatzköpfiger Mann?"

„Ja. Sie erinnern sich also an ihn?"

„Ist er bis zuletzt auf diesem Schiff gefahren?"

„Eines Tages hat er bei Nebel einen Frachter gerammt und ist dabei über Bord gegangen. Sie haben ihn erst eine Woche später gefunden, einige Kilometer stromabwärts. Die Fähre lag zuerst ein paar Monate an der Anlegestelle, dann hat man sie instand gesetzt und wieder in Dienst gestellt. Man sagt, daß es Unglück bringt, wenn man die Namen von Schiffen ändert. Dieses hatte innerhalb von zwei Jahren drei Unfälle. Irgendwann hat man es hierhergeschleppt und seinem Schicksal überlassen."

Er schüttelte die Erinnerungen ab und durchmaß den Raum mit großen Schritten.

„Kommen wir zur Sache", sagte er. „Haben Sie das Geld?"

„Hier". Arconada langte in die Innentasche seines Mantels und reichte ihm einen Umschlag. „Aber wohl ist mir immer noch nicht dabei."

„Es wäre besser gewesen, Sie hätten sich nie darauf eingelassen", sagte Szolon. „Aber das hätten Sie sich früher überlegen müssen. Immerhin ist für Sie die Sache hiermit erledigt. Sie verschwinden von der Bildfläche. Jedenfalls ist es das Beste, was Sie tun können. Ich glaube, man wäre nicht sehr begeistert über Ihre weitere Anwesenheit hier in der Stadt."

„Es ist meine Stadt ebenso gut wie Ihre, und wenn ich bleiben wollte, dann würde ich solange bleiben, wie ich will!"

„Jedenfalls war es eine kluge Entscheidung, Ihren Rückzieher noch einmal zu überdenken."

„Und wenn ich das Geld nicht dabeigehabt hätte? Hätten Sie dann das Ding in Ihrer Innentasche benutzen müssen?"

Szolon grinste, aber das besagte nicht viel. Glaubte man seinen Gesichtszügen, war für ihn das ganze Leben nichts anderes als amüsant.

„Spielt das noch eine Rolle? Das Geld ist da."

Arconada reichte ihm den Umschlag..

„Wohin werden Sie jetzt gehen?"

„Das sage ich nicht einmal Ihnen."

„Sie haben recht. Besser, wenn Sie es niemandem sagen. Schreiben Sie mir von unterwegs mal eine Ansichtskarte."

„Zählen Sie nicht nach?"

„Ich vertraue Ihnen. Sie haben doch wohl kaum vergessen, Ihren Anteil zu behalten?"

Arconada betrachtete den kleinen Mann, der aus allem eine Komödie zu machen schien und das Leben genüßlich zu einem Spiel stilisierte, und daß er zu verspielt und zu hitzig war für dieses Geschäft, würde ihn letztlich den Kopf kosten. Er war ein kleiner, unbedeutender Gauner, der sich aufplusterte wie ein Vogel, nur ein Handlanger, der sich sehr bedeutend vorkam. Diese kleine Transaktion würde ihn zu größeren Aktionen ermutigen, und diese wieder zu noch größeren, und, immer das verwachsene Lächeln auf den Lippen, würde er eines Tages in einer seiner inszenierten Videoclips mit dem Rücken zur Wand stehen. Plötzlich wußte Arconada, daß dieser kleine Kerl unter dem stilechten Hut nicht mehr lange leben würde, aber das alles würde ihn nichts mehr angehen, denn er würde weit weg sein, und keine Spur würde zu ihm führen, und irgendwo, in einer anderen Stadt, in einem anderen Land würde er versuchen zu vergessen, was hier geschehen war.

„Mein Flug geht noch heute abend", sagte er beiläufig, aber er flog niemals, und auch auf diesem Weg würde seine Spur nicht zu verfolgen sein. Vielleicht tatsächlich noch heute abend würde er in einem gewöhnlichen Nichtraucherabteil eines beliebigen Zuges in eine beliebige Richtung sitzen, weil es wenig darauf ankam, wohin die Reise führte. Es gehörte zu seinen Gepflogenheiten, selbst bis zum letzten Moment nicht zu wissen, wohin er fuhr, als wäre diese Art von Geheimhaltung vor sich selbst die äußerste Form des Selbstschutzes. Aber er spielte nicht wie Szolon, sondern handelte aus Prinzip.

Als Szolon gerade das Geld in die Innentasche seines Mantels geschoben hatte, hielt er inne und lauschte. Auch Arconada hatte ein Geräusch gehört und wandte den Kopf in Richtung der aufgetürmten Möbel. Dann fiel sein Blick auf ein paar leere Weinflaschen und einige Zeitungen auf dem Boden zwischen den Stuhlbeinen.

„Komm raus!" rief Szolon. „Und zwar ganz langsam!"

Auf einer Art Feldbett hinter der Barrikade richtete sich jemand gehorsam auf, und ein feuerroter Kopf mit ergrautem Haupt- und Barthaar erhob sich langsam über dem Rand ausgehängter Schranktüren wie ein aufgehendes Gestirn. Der Rollkragen eines weinroten Pullovers und das Revers eines schmutzigen grauen Mantels wurden sichtbar, und der Mann schluckte hörbar, sagte aber kein Wort.

„Wirklich sehr gut besucht", sagte Szolon. „Scheint so eine Art Pension zu sein für die Armen und Gescheiterten."

Der Alte war ganz hinter der Barriere hervorgekommen und stand schicksalsergeben vor ihnen. Er bot einen jämmerlichen Anblick, ungewaschen und in erbärmlichem Aufzug, die Augen blutunterlaufen, und er dünstete eine Mischung aus Schweiß, Tabakrauch und Wein aus, die selbst auf die Entfernung ekelerregend war. Endlich gab er sich einem lange unterdrückten Hustenanfall hin, und man hörte ein asthmatisches Pfeifen.

„Hab hier geschlafen", murmelte er in einem kameradschaftlichen Ton, der wohlbemessen etwas von Harmlosigkeit und Unterwürfigkeit hatte.

„Warum hast du dich nicht blicken lassen, als wir hereinkamen?"

„In meiner Branche", sagte er in lang geübter Scherzhaftigkeit, die ihm Unantastbarkeit garantieren sollte, ergab sich hastig einem plötzlichen Hustenreiz und fuhr fort: „In meiner Branche fällt man nicht mit der Tür ins Haus. Wußte ja nicht, ob ihr Bullen seid oder solche Schweinekerle, die sofort zuschlagen."

„Da hast du lieber fein zugehört, was wir zu besprechen haben."

Szolon warf Arconada einen vielsagenden Blick zu, düster, entschlossen; ein Blick, der nicht mehr zu sein schien als ein unbedeutender Reflex, und der in Wirklichkeit ein Urteil war, der Beschluß, ein Menschenleben zu beenden.

„Warten Sie!" sagte Arconada, der im stillen ihr kurzes Gespräch rekapituliert hatte. „Was weiß er denn schon?"

„Hab gar nichts mitbekommen", beeilte sich der Angeklagte. „Hör sowieso ni' mehr so gut." Er lächelte versöhnlich und zeigte eine Reihe unregelmäßiger, sattgelber Zähne.

„Ist sonst noch jemand auf diesem Eimer?" fragte Arconada.

„Das könnte die Reihe der Überraschungen verkürzen."

„Keiner außer mir."

„Und der Junkie da unten?"

Der Alte kratzte sich verlegen seine Bartstoppeln. „Den kann man ni' mehr ganz zur Gesellschaft zählen in seinem Zustand."

„Hast du mit ihm gesprochen?"

„Hab ihn so gefunden, vor drei Tagen. Weiß Gott, wie lange der da liegt."

Eine Pause entstand. Arconada und Szolon sahen sich fragend an, und das machte den Alten nervös, der offenbar immer noch Angst hatte. Später dachte Arconada an all die Prügel, die er bezogen hatte, all die Flüche und Schmähungen, all die Nächte in einer Zelle, ein Leben voller Demütigungen, das zu einer Frage der Gewohnheit geworden war. Mit der Zeit mußte er ein Gespür entwickelt haben für Gefahr und woher sie drohte.

„Ich hab den alten Szolon gekannt", sagte der Alte hastig. „Und ich kann mich noch gut erinnern, wie dieses Schiff jeden Tag über den Fluß gefahren ist. Hab so manches Mal mit ihm zusammengesessen und einen zur Brust genommen. War mein Jahrgang, ganz genau. Wär heute so alt wie ich, wenn das damals nicht passiert wäre. Ich war sogar in diesem Raum hier. Da stand die Koje, und da drüben ein alter Schrank, und der Tisch unterm Fenster mit einem alten Radio, das den lieben langen Tag ging. Und ein alter Schaukelstuhl, genau wo ich jetzt stehe."

Die beiden Männer sahen sich wieder an.

„Er hört schlecht", sagte Szolon sarkastisch.

„Und Ihren Onkel hab ich auch gekannt." Er hatte sich Arconada zugewandt. „Ich kannte alle hier. Hab schließlich selbst mal hier gearbeitet. War ein prima Kerl, Ihr Onkel. Und …" Er stockte und überlegte einen Moment. „Und ich kann mich sogar an Sie erinnern. Szolon hatte oft einen Jungen bei sich, sein Enkel, sagte er, der ist oft mitgefahren." Und in der Angst, daß ihm niemand glauben würde, sagte er triumphierend: „Der Junge hatte einen kleinen Hund, so ne Promenadenmischung, ich glaub, er war weiß mit schwarzen Flecken im Gesicht, der war sein ein und alles, den hat er überall hin mitgenommen. Und der hatte so einen lustigen Namen. Aber ich weiß nicht mehr … Ich komm ni' mehr drauf."

„Beißer", sagte Szolon mit einem sonderbaren Tonfall in der Stimme. Er starrte den Alten an, und dieser grinste zufrieden. Er freute sich wie ein Kind, daß der vergessene Name jetzt wieder ans Tageslicht gekommen war.

„Und an Sie", sagte er beinahe entschuldigend, „kann ich mich auch erinnern. Ja, ich hab alles gehört. Jedes Wort. Aber was mich nichts angeht, interessiert mich nicht. Jedenfalls weiß ich noch, daß ein kleiner Junge kam, und Ihr Onkel hat auch immer stolz von Ihnen erzählt. Hat sich doch selber so sehr einen Jungen gewünscht und hat von Ihnen erzählt, als wären Sie sein eigener. Mein Gott, so ein Zufall. Daß es so was gibt!"

Die Stimme des Mannes zitterte, und Arconada kam zu Bewußtsein, wie alt er war, und daß da eben eine Flut von Vergangenheit in dieses verwirrte, vom Schnaps erweichte Hirn geströmt war, die mehr war, als er vertragen konnte. Er löste zwei Stühle aus dem Wust von Möbeln, gab ihm den einen und setzte sich selbst auf den anderen. Szolon stand immer noch unbeweglich da, so unberechenbar wie eine Bombe.

„Lassen Sie ihn in Ruhe", sagte Arconada. „Was könnte er uns schon anhaben? Sehen Sie ihn sich doch an. Daß er nicht erfroren ist bei diesem Wetter!"

„Hier drin ist wenigstens kein Wind. Und der Ofen ist immer noch da, hinten in der Ecke. Nachts, wenn den Rauch keiner mehr sieht, heize ich manchmal ein."

„Wie lange sind Sie schon hier?"

„Vielleicht zwei Wochen. Aber ich war früher schon mal hier, und manchmal treiben sich auch noch andere hier rum. Für so einen alten Kasten ist hier wirklich einiges los."

Sie plauderten eine Weile miteinander, über allerlei belanglose Dinge, wobei Szolon wenig zum Gespräch beitrug. Die Sache mit dem Hund hatte ihn aus dem Konzept gebracht. Der Alte erzählte von allen möglichen Erlebnissen, und sie ließen ihn gewähren. Ungewollt wurde Arconada von den Schilderungen ergriffen und hörte beinahe zu wie ein Kind. Ein paarmal kamen sie noch auf seinen Onkel zu sprechen und zerrten einige sehr blaße, sehr vage Erinnerungen ans Tageslicht, die durch die sehr unterschiedliche Perspektive des schon Erwachsenen und des Kindes von damals zusätzlich verzerrt wurden. Allmählich ließ sich auch Szolon zu einigen Fragen herab und hielt kurze Monologe über die Zeit seiner Kindheit, sofern sie den Hafen und das Schiff betrafen, eine Unterhaltung, die sich zu einem Gespräch über die ganze Stadt und ihre Menschen entwickelte.

Mittendrin kramte der Alte einmal in seinen Sachen und brachte plötzlich eine Flasche zum Vorschein und sogar ein paar Plastikbecher, die er an einem Glühweinstand in der Stadt hatte mitgehen lassen. Es war Weinbrand der billigsten Sorte, aber sie waren dankbar für die Wärme, die er spendete, und Szolon spendierte Zigaretten, während Arconada nichts anderes zu bieten hatte als Fruchtbonbons. Dem Alten wurde zusehends wohler. Er schenkte nach und saß jetzt auf dem alten Stuhl wie auf einem Thron. Sein Blick verklärte sich, und dann und wann, wenn er das Reden einem anderen überließ, wurde er ganz in sich gekehrt und schüttelte manchmal sacht den Kopf. Keiner von ihnen schien zu merken, wie die Zeit verging.

Arconada selbst fühlte sich elend, bedrängt von den Erinnerungen der vergangenen Nacht. Vielleicht gab es für alles ein erstes Mal, auch dafür, und vielleicht, wenn er sich daran gewöhnte, würde er eines Tages werden wie dieser Clown, der mit seiner grotesken Verkleidung ganz eins geworden war, für den ein Leben nicht mehr war als eine belanglose Zufälligkeit, und vielleicht machte es ihm sogar Spaß zu töten, ihm, dem Mann, der einmal ein Junge gewesen war, mit einem drolligen Hund, den er über alles geliebt hatte. Jetzt stand er da: Die Kälte in seinem Blick war deutlicher geworden, und Arconada kam zum ersten Mal ernsthaft der Gedanke, daß dies kein zufälliges Szenario und eigentlich der Ort einer Hinrichtung war, und daß vielleicht sie beide, er selbst ebenso wie der alte Vagabund, nur durch die eingetretenen Umstände einer entfernten Bekanntschaft davor bewahrt geblieben waren. Er umklammerte die Waffe in seiner Tasche, die er sich geschworen hatte niemals wieder zu benutzen, es sei denn zu seiner Verteidigung.

Ich werde von hier verschwinden, dachte er. Ich werde weit weg fahren, weiter als jemals zuvor. Szolon hatte Recht. Er konnte nicht bleiben. Nicht nachdem er mit diesen Leuten zu tun gehabt hatte, denen er sich als nicht verläßlich erwiesen hatte und die so etwas wie Erbarmen nicht kannten. Nein, er konnte nicht bleiben. Bis zur Wehleidigkeit genoß er die Bitterkeit in dem Gedanken, daß er vielleicht nie mehr hierher zurückkehren würde, in die Stadt am Rhein, in der er aufgewachsen war und deren Dialekt er sprechen konnte, wenn er es wollte.

Ein Hustenanfall des Alten riß ihn aus seinen Gedanken. Er klang schlimmer als die vorherigen, und Arconada beobachtete bestürzt, wie er sich plötzlich auf dem Stuhl krümmte, mit rot angelaufenem Gesicht, und wie immer neue Attacken ihn erschütterten, bis er immer verzweifelter nach Luft rang. Immer heftiger und gleichzeitig immer kurzatmiger kämpfte er gegen die Erschütterungen an. Es sah aus, als wolle er sich gewaltsam von etwas in seinem Innern befreien. Schließlich sackte er vornüber und rutschte auf den Boden, wo es ihm endlich gelang, Luft zu schöpfen.

Arconada war bei ihm und machte Anstalten, ihn auf die Beine zu bringen.

„Also, helfen Sie mir schon!"

Szolon zögerte einen Moment, dann trat er heran und faßte den zusammengesunkenen Mann bei den Schultern. Gemeinsam hoben sie ihn zurück auf den Stuhl, wo er mühsam wieder zu Atem kam.

„Was ist aus Ihrer Familie geworden?"

Der alte Landstreicher saß zusammengesunken auf seinem Stuhl und atmete immer noch so heftig, daß sein ganzer Oberkörper sich bei jedem Atemzug hob und senkte. Sein Blick war ein wenig entrückt, zum Teil vom Schnaps, dem sie ihm in den Becher gefüllt hatten, zum Teil auch durch den Zustand der Entspannung nach dem überstandenen Anfall.

„Meine Frau ist vor vielen Jahren gestorben."

„Ist niemand mehr da?"

Der Alte atmete tief ein und aus und antwortete nicht.

„Haben Sie keine Kinder?"

„Ich weiß nicht mal, wo sie sind. Und sie wissen es von mir auch nicht. Es gab einen Punkt in meinem Leben, wo sie nicht mehr wissen wollten, was mit mir ist."

„Das ist alles?"

„Das ist alles."

„Wie ist es dazu gekommen?"

„Es ist immer die gleiche Geschichte. Du verlierst jemanden, auf den du nicht verzichten kannst. Plötzlich bist du völlig hilflos und fällst in ein Loch. Der Schnaps hilft dir über die Einsamkeit und Verzweiflung hinweg, bis er den Platz eingenommen hat, weil du auch auf ihn jetzt nicht mehr verzichten kannst. Und dann kommt alles ganz von selbst. Du stehst daneben und siehst zu. Alles läuft ab wie ein Film. Es gibt nichts mehr, was du tun kannst. Es ist so leicht, alles zu verlieren. Es dauert nicht länger als den Augenblick, den du nicht hingesehen hast. Du könntest diese Geschichte von tausend anderen Pennern hören. Sie ist am Ende immer gleich. Ich habe noch vor kurzem einen Mann getroffen, der war früher Staatsanwalt. Hatte eine kleine Villa mit Swimming-pool und allem. Ein Haus in Südfrankreich. Dienstmädchen, denen er auf den Hintern klapste, und einen eigenen Koch. Dann wurde sein Sohn krank, und er gab sein ganzes Vermögen aus für Operationen in der Schweiz und in Amerika. Aber sie konnten den Jungen nicht retten. Als er starb, blieben nur die Schulden, aber er war unfähig zu arbeiten. Alles hat keinen Sinn mehr, sagte er, wenn der Junge nicht mehr da ist. Dann fing er an zu trinken. Heute schläft er am Bahnhof unter den abgestellten Güterwagen. Hat bei einer Schlägerei ein Auge verloren, vor zwei Jahren oder so. Seine Villa steht gerade ein paar Kilometer flußabwärts. Manchmal macht er sich auf in die Richtung und schleicht sich nachts oder in der Dämmerung heran und steht an der Mauer und guckt. Er steht da und sieht sich das Haus an, in dem er früher gelebt hat. Und wenn du ihn triffst, heult er manchmal still vor sich hin. Anscheinend gefällt es ihm, sich so zu quälen. Ich könnte das nicht. Ich bin nie mehr dort gewesen, wo ich gewohnt habe. Aber er tut es, immer wieder."

Arconada starrte ihn jetzt mehr als vorher an. Ob ihm wirklich nicht bewußt war, daß auch er immer wieder die Vergangenheit suchte, indem er an diesen Ort kam, und damit genau das Gleiche tat? Es schien so.

Der Alte hob jetzt den Becher gegen das spärliche Licht.

„Das da bestimmt dein Leben, sonst nichts. Und die Leute sagen immer: Warum hörst du nicht auf? Aber du weißt nicht, wozu. Es gibt keinen Grund, irgend etwas zu ändern, und du hast längst verlernt, zu leben wie früher. Es macht keinen Unterschied."

„Wenn du es wirklich willst, kannst du es schaffen. Du mußt es nur wirklich wollen!"

Der Alte lächelte ihn an, ein wenig spöttisch und ihm in diesem Moment so ganz überlegen, daß Arconada errötete wie ein Zehnjähriger.

„Ist schon gut, Junge. Es lohnt sich nicht darüber zu reden. Es ist alles schon lange vorbei."

Er blickte aus dem Fenster, obwohl es dort nichts zu sehen gab.

„Früher war dieser Hafen voller Leben. Am Kai legten die Schiffe an und löschten ihre Ladung. Überall am Pier standen Kisten und Container, die Kräne schwenkten den ganzen Tag hin und her, dreißig oder vierzig Männer machten hier ihre Arbeit, und mittags gingen sie drüben in der Bude zum Essen. Die Hafentante verkaufte da ihre Reibekuchen und Bratwürste. Kantine nannten wir das damals. Steht schon lange nicht mehr. Die Bude verschwand, als die Arbeit im Hafen zu Ende ging. Und die Hallen sind verrottet, und die Männer, die früher hier arbeiteten, sind fast alle tot."

Er hustete wieder und trank einen Schluck Weinbrand.

„Du fragst mich nach meiner Geschichte? Habe ich dich nach deiner gefragt?"

Er spürte, daß der Alte ihn ansah, wagte aber nicht, den Blick zu heben.

„Willst du mir deine vielleicht erzählen?"

Arconada schwieg. Er wollte nicht von den Jahren seines eigenen Vagabundierens erzählen, vom Verlust einer glücklichen Jugend, dem Tod seiner Mutter und den Jahren in Andalusien, als sein Vater, der sich plötzlich fremd fühlte in einem Land, in dem er schon Jahrzehnte lebte, zurückging in seine Heimat, und wie er dort mit ihm gelebt hatte, dort die letzten Jahre zur Schule ging, aber er war nie ein Spanier geworden, auch wenn er Spanien auf eine gewisse Art liebte und es ihn dann und wann dorthin zurückzog. Seine Heimat war hier. Wenn er seinen Vater besuchte, der jetzt in Jaén einen Handel mit Jagdwaffen betrieb und Tauben züchtete, dann sprachen sie abwechselnd spanisch und deutsch, aber immer hatte einer von beiden Mühe, sich zu erinnern und nicht ins Stocken zu geraten.

Nein, er wollte nicht darüber sprechen, nicht darüber, daß er gescheitert war, wie er sein Geld verdiente und daß er in der vergangenen Nacht einen alten Mann getötet hatte, der vielleicht so alt wie sein Vater war. Der sich zur Wehr gesetzt hatte, ein dummer alter Kerl, der versuchte den Helden zu spielen, und damit hatte er ihn gezwungen zu schießen. Er hatte die verbitterte Wut, diesen wilden, selbstzerstörerischen Zorn aus diesen Augen herausgeschossen. Es gab keinen Zweifel daran, daß dieser Mann ihn gezwungen hatte zu schießen, als er selbst zur Waffe griff, und es erschien Arconada wie ein sich erfüllender Fluch, und er entdeckte etwas Dämonisches, geradezu Hämisches in den starren Augen des Toten, wie er sie jetzt in der Erinnerung sah.

Mit einigen Sekunden Verzögerung bemerkte er, noch in Gedanken, daß Szolon die Hand zu einer warnenden Geste erhoben hatte.

„Da ist jemand", sagte er, und sie verharrten alle drei, ohne eine Bewegung und scheinbar ohne zu atmen. Über sich vernahmen sie deutlich das Geräusch von Schritten. Die Augen zur Decke gerichtet, verfolgten sie einen Unsichtbaren mit stechenden Blicken. Die Schritte verstummten und eine Weile herrschte Stille, dann hörte man sie von neuem, wie sie sich langsam wieder entfernten und zurück zu den verrosteten Stufen am Pier führten. Als sie vorsichtig durch die schmutzigen Fenster spähten, entdeckten sie jemanden in der Uniform eines Wachmannes, der sich in Richtung einiger Baracken im Hintergrund entfernte.

„Der hätte uns fast aufgestöbert", sagte der Alte.

„Da hat er aber noch mal Glück gehabt."

Szolon grinste, mehr als ohnehin. „Laßt uns lieber hier verschwinden!" sagte er dann.

Sie kletterten vorsichtig ans Tageslicht und gelangten über die Treppe auf den Pier. Arconada half dem Alten die verrosteten Stufen hinauf. Oben blieben sie stehen und sahen sich noch einmal um.

„Wird alles abgerissen", sagte der Vagabund, noch kurzatmig vom Aufstieg. „Soll alles dem Erdboden gleichgemacht werden, schon im Frühjahr. In einem Jahr steht hier ein neues Einkaufszentrum mit Parkplatz."

Szolon zuckte schicksalsergeben mit den Augenbrauen. Dann streckte er Arconada die Hand zum Abschied hin.

„Also dann", sagte er, und Arconada nahm die ausgestreckte Hand und drückte sie wortlos. Szolon warf dem alten Säufer einen kurzen Gruß zu und klopfte ihm auf die Schulter.

„Mach's gut", sagte er und verschwand.

„Geht's wieder?" fragte Arconada den Alten.

Dieser nickte mit einem Grinsen, Ausdruck der stoischen, spöttischen Gelassenheit, mit der er gelernt hatte, die Dinge hinzunehmen.

„Er war gekommen, um dich umzulegen", sagte er.

„Ich weiß."

„Du wirst dich entscheiden müssen, ob du bereit bist, das Ding in deiner Manteltasche zu gebrauchen oder nicht."

Arconada griff in die Innentasche, aber er holte nicht den Revolver hervor, den er später, auf der Brücke über dem offenen Wasser des Flusses ins Leere fallen ließ, sondern den Umschlag, aus dem er einen Hunderter fischte.

„Hier. Laß es dir ein paar Tage gutgehen. Kauf dir ein Stück Wurst und ein Brot und ein paar Büchsen Sardinen. Vielleicht reicht es für eine Woche, wenn du nicht alles für Schnaps ausgibst."

Der Geldschein wurde einer ungläubigen Betrachtung unterzogen und veschwand dann in einer aufgerissenen Manteltasche.

„Dein Onkel war ein feiner Kerl. Ist viel zu früh gestorben."

„Ja", sagte Arconada, und er erinnerte sich an einen kraftlosen, vom Krebs besiegten Mann von nicht einmal fünfzig Jahren, der im Bett lag und bloß atmete und unfähig war, verständlich zu sprechen.

Er schüttelte die schmutzige Hand und lächelte. Als er sich umwandte, sah er Szolon, der am Werktor stand und den Arm hob. Er schaute noch einmal hinauf zu dem alten, verrotteten Kran, von der Sonne zwischen den Wolken geblendet.

Dann gingen sie hinaus in den frostigen Winternachmittag, drei Männer, die sich nie wiederbegegnen und nie wieder voneinander hören würden.

Es kam der Tag

Es war im Herbst des Jahres, als der Regen nicht kam und die Erde verbrannte, da sagten sie ihm, er habe ein Ding im Kopf. Etwas, das nicht zu entfernen war. Sie operierten ihn zweimal, doch ohne durchschlagenden Erfolg. Beide Male zeigte sich, daß dieses Ding immer noch drin war und von neuem wuchs. Es lebte an einer heiklen Stelle, nahe der Halswirbel und des Rückenmarks, deshalb war es nicht so leicht, es einfach zu eliminieren. Marlin lebte damit. Lebte damit, daß in seinem Schädel, am Hinterhauptausgang, etwas lebte. Es existierte dort, nährte sich von seinem Blut und seinen Körpersäften. Ein Parasit, sagte man, ein Wurm. Man wußte nicht, was es war. Ein Insekt, wurde vermutet, habe ein Ei in eine kleine Wunde gelegt. Aber wenn es eine Larve war, warum schlüpfte es nicht?

Manchmal spürte er, wie es sich rührte. Fühlte so eine Mutter, wenn ihr Kind sich im Bauch bewegte? Und wenn jemand einen eben erst gefangenen Fisch verschlang, wie die Vertreter mancher Naturvölker es angeblich taten, spürten sie es dann, wenn er sich in der Speiseröhre wand?

Dieses Ding, es wuchs nicht weiter. Es hatte seine Idealgröße erreicht. Marlin spürte es in sich, und er spürte, wie er schwächer wurde. Nach und nach verließen ihn seine Kräfte, alles ging langsamer und wurde mühsamer.

Marlin war schwach, und die Welt um ihn herum verlor ihre Farben. Wenn es doch endlich herauskommen würde, dachte er.

Und dann, eines Tages, befreite es sich. Marlin erwachte und spürte, daß es nicht mehr da war. Er befühlte die Stelle mit den Fingern, aber da war nur noch eine Verhärtung, wie eine Narbe. Es bewegte sich nicht mehr. Es war fort.

Er fühlte sich erleichtert, stark, wie neugeboren. Etwas flatterte an der Scheibe des großen Fensters, und als Marlin hinsah, war es ein Falter mit goldenen Flügeln.

Den Himmel zu sehen

Janis und Meralda wohnten unter dem weiten Himmel. Groß und rund wie eine Kuppel wölbte er sich über ihnen dahin, von Horizont zu Horizont. Welch herrliches Schauspiel sich dem Auge bot, wenn man dort hinaufsah! In ein Meer von reinem Blau, in ein Wechselspiel ziehender Wolkenfelder. An manchen Tagen, im Sommer, war er tiefblau, aber auch an kalten, frostigen Wintertagen, wenn die Sonne wie ein gleißender grellgelber Fleck darüber hinwegwanderte. Ohne daß die meisten Menschen es bemerkten und sich dessen bewußt wurden, war der größte Teil der Welt leuchtend blau, die ganze weite Himmelskuppel, zu der sie so selten aufschauten, weil die Dinge unten, in ihrem Blickfeld ihre Aufmerksamkeit so sehr in Anspruch nahmen.

Janis und Meralda aber blickten täglich hinauf. Wieder und wieder waren ihre Blicke zum Himmel gerichtet. Janis stand im Garten seines kleinen Hauses, die Arme angewinkelt in die Hüften gestemmt, den Bauch kugelig vorgewölbt und den Kopf in den Nacken gelegt. Oder er blickte aus dem Fenster im Giebel, hinaus auf ein Meer von Dächern, das vor ihm sanft abfiel und dann langsam wieder anstieg. Bis zu einer Reihe von Häuserblocks, ganz in der Ferne, am Horizont, die sich winzig klein ein wenig von der Welt abhoben und wo Meralda wohnte und von ihrer kleinen Dachluke aus die Welt betrachtete. Ganz klein sah er in der Ferne das Haus, und wenn er sein altes Fernrohr ans Auge setzte, konnte er ihre Luke sehen, das kleine Fenster in der grauen Dachschräge.

Schon im Frühling war er immer im Garten beschäftigt, und im Sommer sah man ihn mit einem Strohhut und einer riesigen Gießkanne da herumgehen und die Sonnenblumen gießen, die ihm über den Kopf wuchsen und ihre großen Blüten auf ihn herniedersenkten. Auch die üppig wuchernden Holundersträucher überragten ihn, und die Zweige eines Birnbaums, und an einem kleinen Gartenteich, wo abends die Mücken schwirrten, schoß Schilfrohr auf, so hoch, daß es den Geräteschuppen ganz verdeckte. Wenn Janis zwischen den Pflanzen herumtrottete, dann wirkte er winzig. Wie ein geschrumpftes Männlein in einer verwunschenen Welt.

Oft konnte er sich nicht sattsehen an den vorbeiziehenden Wolken. Er stieß anerkennende Pfiffe und Laute aus und zeigte in kindlicher Begeisterung zum Himmel, obwohl niemand bei ihm war. Und manchmal war er ganz aufgeregt. Er eilte zum Telefon und rief Meralda an.

„Siehst du die riesige Wolke da oben?" fragte er ohne jede Begrüßung. „Die so aussieht wie ein gekrümmter Pottwal?"

„Ich weiß, welche du meinst", sagte Meralda. „Aber von hier aus sieht sie aus wie ein Nilpferd. Und da ist noch eine, weiter entfernt. Sie muß genau über dir sein. Sieht aus wie eine keimende Kartoffel."

„Ja", sagte Janis, „die ist jetzt fast bei mir. Aber hier sieht sie gar nicht so rund aus."

Jeden Morgen prüfte Janis den Himmel. Und Meralda tat zu Hause das gleiche. Viele Leute taten das. Und verzogen dann vielleicht mißmutig den Mund, wenn er grau war und kein Zipfelchen Blau sehen ließ. Sie sprachen von „Mistwetter" und einem „Tag zum Verkriechen".

Janis war nie enttäuscht, wenn er zum Himmel aufsah. „Der Himmel ist immer schön", sagte er. „Schau dir diese dicken grauen Wolken an", sagte er. „Wie dick und schwer die aussehen und wie düster! Da steckt Wasser drin. Wenn *die* abregnen ..." Mit leuchtenden Augen stellte er sich das vor.

Meralda hörte ihm zu und lernte von ihm, den Himmel zu sehen. Und wenn jemand vielleicht sagte, es ziehe sich langsam zu und heute werde es bestimmt noch Regen geben, dann winkte sie verächtlich ab. „Aus diesen Wolken wird es nicht regnen", sagte sie. „Keinen Tropfen!"

Janis liebte jeden Himmel. Nur wenn im Herbst dicker Nebel herrschte, war er unruhig und schlecht gelaunt und lief rastlos durch die Zimmer des Hauses. Es war schlimm für ihn, den Himmel nicht sehen zu können.

Im Sommer, an schönen Tagen, wenn der Wind die Wolken über den Himmel trieb, setzte er sich in den Garten und blickte hinauf. Es gab winzige Wölkchen, hauchdünne Schleier, die der Wind zerwehte. Es gab prächtige Wolken, dick und wuchtig, leuchtend weiß und nur in den Winkeln der backenartigen Ausbuchtungen von einem sachten Grau. Es gab Wolkengebirge, die sich zu solcher Höhe auftürmten, daß ihm der Mund offenstand. Es gab wahre Wolkenteppiche, dicht und undurchdringlich und so tiefhängend, daß es aussah, als könne man sie berühren. Er blickte den Wolken nach und wurde ganz sehnsüchtig. Er wollte sich auf sein altes Fahrrad setzen, so wie früher, um ihnen nachzufahren, um zu sehen, wie sie sich veränderten. Wie sie sich auseinanderzogen, wie sie dünner und länger wurden oder noch bauchiger. Wie der Wind sie zusammendrückte oder vor sich herjagte, wie er sie zerfetzte und auseinandertrieb. Wie Wolken sich teilten oder ineinander aufgingen.

Wenn nur seine Beine nicht so alt und steif gewesen wären! Wenn ein Gewitter aufzog, hielt es ihn nicht im Haus. Er stand draußen und beobachtete, wie der Himmel immer grauer und dann fast schwarz wurde, und manchmal, wenn man Glück hatte, waren die Wolken an der Unterseite schwefelgelb.

„Siehst du das?" fragte er Meralda, das Telefon am Ohr. „Wie sieht es von da drüben aus?"

„Es ist wie eine schwarze Wand", sagte sie. „Die Wolken sind kilometerdick. Es ist hier so dunkel, daß man im Zimmer kaum noch etwas sehen kann."

Er setzte sein Fernrohr ans Auge, und ganz klein konnte er sie erkennen, den strohblonden Kopf in der Dachluke.

„Ich kann dich sehen!" sagte er.

Und sie winkte ihm aus der Ferne, winzig klein, nur ein Fleck, nur eine Bewegung in dem kleinen grauen Feld der Dachschräge. Abends konnte er durchs Fernrohr ihr erleuchtetes Fenster sehen, ein heller Punkt ganz oben am Rande des Lichtermeeres der Stadt.

Meralda lag an warmen Tagen oft auf der Wiese hinter dem Häuserblock und starrte hinauf in den Himmel. Und dann lief sie manchmal hinein, zum Telefon.

„Ich habe eine Wolke entdeckt!" rief sie aufgeregt. „Sie ist riesig! Sie kommt immer näher. Gleich müßtest du sie auch sehen können."

Es machte Janis ganz unruhig, daß die Wolke noch außerhalb seines Blickfeldes war.

„Wie sieht sie aus?" fragte er ungeduldig.

Und Meralda mußte sie ihm beschreiben.

Meralda beschrieb ihm die Wolken, als seine Augen schwächer wurden. Er blinzelte hinauf zum Himmel, aber er konnte sie nicht mehr so gut erkennen. Zweimal operierten sie ihn, aber es war nicht aufzuhalten.

„Erzähl mir, wie der Himmel aussieht", sagte er. Er lag in seinem Bett und hörte ihr zu, wie sie die Wolken beschrieb, am Telefon oder an seinem Fenster, wenn sie da war, und hinter den geschlossenen Augen sah er sie. Meralda beschrieb sie so schön, daß er sie genau sehen konnte. Sie beschrieb die Farbe des Himmels in den tausend Schattierungen, von denen die meisten Menschen nichts wußten, weil sie nicht darauf achteten. Sie beschrieb auch, wie die Vögel darüber hinflogen und wie Flugzeuge, nur ein heller Punkt ganz hoch oben, Kondensstreifen hinter sich herzogen.

Ihr Leben lang betrachtete sie so den Himmel, sah den Wolken nach und erinnerte sich an ihre Kindheit, als sie mit ihrer Mutter in dem Wohnhaus auf dem Hügelkamm gelebt hatte, und wie sie mit ihrem Großvater in dem Garten fast am anderen Ende der kleinen Stadt gestanden hatte, beide die Köpfe nach hinten gereckt. Sie hatten sich die Wolken am Horizont angesehen, rosa und manchmal blutrot, wenn die Sonne unterging. Wenn die rote Scheibe ganz verschwunden war, war dort noch ein tiefblauer Streifen zu sehen, während der Himmel über ihnen dunkel wurde. Dann warteten sie auf den ersten Stern. Und immer war sie es gewesen, die ihn entdeckte – manchmal mit einem kleinen Hinweis des alten Mannes, wohin man sich wohl am besten wenden sollte ...

Sie wurde sehr alt. Das Leben trieb sie umher, an viele Orte.

Kein Himmel machte sie jemals traurig.

Die Schritte vor seiner Tür

Er wartet immer noch, in dem festen Glauben, sie käme eines Tages zurück. Nach all den Jahren sitzt er immer noch manchmal abwesend am Fenster, und wenn sich im Hof etwas bewegt, eine Katze oder auch nur ein Blatt im Wind, dann hebt er den Kopf und späht angestrengt nach draußen. Er sagt nichts, aber wir wissen, daß er wartet, daß er nie aufgehört hat zu warten. Wenn es unverhofft an der Tür klingelt, ist seine Spannung scheinbar nicht größer als die der anderen. Man fragt sich, wer das sein mag, jetzt um diese Zeit, und öffnet die Tür in der Erwartung, einen Nachbarn zu sehen oder einen unverhofften Besucher, doch für ihn ist das Öffnen der Tür etwas anderes. Dieses Öffnen hat für ihn etwas Symbolisches: die Befreiung aus der Welt, in der er eingekerkert ist, seit dem Tag, an dem sie diese Tür hinter sich zugezogen hat und dann für immer verschwunden ist.

Es war damals die Zeit gewesen, als er für Monate in seiner Arbeit versank, ein Mann, der im Begriff stand, sich einen großen Ruf und vielleicht sogar Ruhm zu erwerben. Er war ständig beschäftigt, hatte stundenlang und ganze Tage in seinem Arbeitszimmer verbracht, vertieft in seine Forschungen, sein Eintauchen in die historischen Welten längst vergangener Epochen. Er hatte keine Zeit, nicht für uns Kinder und nicht für irgend etwas anderes. Er war immer ein guter Vater gewesen, und er gab uns nie das Gefühl, daß wir für ihn unwichtig oder auch nur zweitrangig waren. Und es gab Wochen und Monate, in denen er aus seinem Forschungseifer auftauchte und sich uns zuwandte. Wir Mädchen, geradezu berauscht von diesem unverhofften Glück, nahmen ihn ganz in Beschlag, besonders, wenn es in die Ferien ging und wir das Gefühl bekamen, daß er jetzt ganz uns gehörte. Dann wieder war er allein auf Reisen, zu Kongressen, an die Stätten bedeutender Ausgrabungen, zu Treffen mit Gleichgesinnten, Kollegen, Kapazitäten.

Man erzählte uns, er habe schon als Junge über Büchern mit den Darstellungen vergangener Kriege, mit Bildern von alten Schiffen, Rüstungen und Waffen gesessen, und er hatte sich für Moorleichen und versunkene Galeeren interessiert, während andere sich zum Fußballspielen trafen. Und es gab viele abenteuerliche Geschichten, wie er als Schüler und Student losgezogen war, oft nur ein paar Mark in der Tasche, die Sommermonate in Griechenland oder in Ungarn verbracht hatte, wo er Museen und Ausgrabungsstätten besuchte, auf Zeltplätzen und in billigen Absteigen und im Freien schlief und lebte wie ein Spartaner. In einem alten klapprigen Renault 4 war er bis in die Türkei gefahren und wäre dort in den Bergen fast erfroren. Selig studierte er die Wanderwege der alten Völker, deren Sprachen und Weltanschauungen niemand kannte und die zum Teil noch mythenhaft waren.

Ja, es gab viele Geschichten. Manche davon erzählte er uns selbst, im Laufe der Zeit. Wir liebten es, seinen ausufernden Monologen zuzuhören. Gerade dann, wenn er abschweifte und auf das zu sprechen kam, wonach wir nicht zu fragen wagten.

Die Einladung erschien ihm damals wie ein Fluch. Er war mitten in der Arbeit und vergaß die Zeit in solchem Maße, daß man ihm sein Essen ins Arbeitszimmer bringen mußte. Ceciel (sie legte Wert auf die flämische Schreibweise, wehe man schrieb Cécile!) mußte oft wiederkommen und ihm befehlen zu essen. Er nahm seine Umwelt kaum wahr, und in manchen Phasen seiner Arbeit gab es nichts Schlimmeres, als sich belanglosen alltäglichen Dingen widmen zu müssen. Er versuchte dann verzweifelt Auswege zu finden.

Er bot ihr an, sie zum Bahnhof zu bringen, ganz früh morgens. Der Zug fuhr über Aachen bis nach Leuven, dort konnte sie umsteigen, und wenn du Glück hast, sagte er, bist du schon um halb elf oder elf da. Sie können dich vom Bahnhof abholen. Die Zugfahrt dauerte nur etwa anderthalb Stunden. Er malte es ihr aus wie eine Offenbarung, als sei die Eisenbahn noch nicht lange erfunden und noch ein technisches Wunder, und das war es für ihn auch. Es war das Mittel, das ihm den langweiligen Tag bei ihren Eltern ersparte, wo er nichts anderes tun konnte als Kaffee trinken und zwischen Balkon und Couch hin- und hergehen, in der Hoffnung, daß die Zeit schnell verging. Es gab nichts Schlimmeres für ihn als Besuche bei Verwandten, und es machte keinen Unterschied, ob sie aus seiner eigenen Familie stammten oder aus ihrer. Für ihn war es so oder so ein verlorener Tag.

Du kannst den ganzen Tag und die Nacht dort bleiben, sagte er, und den halben folgenden Tag, und am Nachmittag bringen sie dich zum Zug, und dann fährst du dieselbe Strecke zurück, und ich hole dich am Bahnhof ab. Ruf mich an, wenn du losfährst. Ich weiß dann, wann ich aufbrechen muß. Und der ganze lange, paradiesische Tag lag vor ihm, den er nutzen konnte, sich durch seine alten Bücher zu kämpfen und über Ergebnisberichten zu brüten, die man ihm zusandte, und er würde Kreuze und Zeichen auf Plänen der Ausgrabungsstätten machen und sie an die metallverkleidete Wand heften, wo sie von kleinen runden Magneten festgehalten wurden.

Du kannst endlich in aller Ruhe mit deinen Leuten plaudern, sagte er, ohne mich und die Kinder, ohne daß jemand drängelt oder ständig dazwischenredet. Ein passionierter Angler, der zusieht, wie sein mühsam angefertigter Köder gierig verschluckt wird, konnte nicht glücklicher sein. Sie erklärte sich mit allem einverstanden und verbrachte etwa eine Stunde am Telefon, um alles zu besprechen und ihre Familie von ihrer Ankunft und den Umständen der Anfahrt genau in Kenntnis zu setzen. Oh, diese Familie!

An jenem Morgen war er guter Dinge, denn er wußte, daß alles ihm erspart blieb: die Zigarren von Onkel Mons, die schmierigen Wangenküsse ihrer Mutter und das Geplärre der Zwillinge, der „große Wurf" von Ceciels Schwester Edith, der süße Kuchen und das Gezwitscher und Gehüpfe des Kanarienvogels in seinem Käfig vor dem Fenster, und er würde nicht mit Vetter Linus über Autos und Radrennen sprechen müssen und so tun, als ob ihn das auch nur im geringsten interessierte. Sie fragten ihn nach seiner Arbeit, und wie immer würde er sagen: Och ja, läuft alles bestens, und niemand würde weiter fragen, weil es ohnehin niemanden wirklich kümmerte.

Er würde Alina, ihre Mutter nicht vor sich sehen, die darauf bestand, daß er noch etwas von diesem und jenem nahm, bis ihm der Gürtel seiner Hose die Luft abschnürte und er nur noch flach atmen konnte. Er mußte nicht durch den Garten schlendern und Kohlköpfe und Erdbeeren bewundern, die unter sorgsam aufgespannten Maschennetzen wuchsen, und das Geräusch von Piets rasselndem Atem blieb ihm erspart, der asthmatisch keuchend immer sprach wie ein Todkranker und die schöne Angewohnheit hatte, sich mit seinem säuerlichen Atem den anderen immer über die Maßen zu nähern, und wenn man so unauffällig wie nur erdenklich zurückwich, kam er einem nach, als gehorche er den Gesetzen der Anziehungskraft.

Sie saß neben ihm im Auto und zog ihn damit auf.

„Willst du wirklich nicht erleben, wie Onkel Mons seine Suppe schaufelt und wie jedermann dich auf die Wange küßt –

dreimal – und zum hundertsten Mal die Fotoalben über dich ergehen lassen?"

Sie lachten gemeinsam. Sie sagte immer: Mama, die Fotos kennt er schon auswendig, aber das hinderte niemanden daran, sie ihm vor die Nase zu setzen. Er wußte, daß diese Menschen auf eine Art liebenswert waren, und er verstand, warum Ceciel sie liebte, und er mochte die ironische Distanz, aus der sie selbst sich ihnen näherte, und wie sie an ihnen festhielt, weil es ihre Familie war, die Menschen, die sie seit ihrer frühesten Kindheit kannte, Menschen, die sie liebten, ohne alle Vorbehalte, auf ihre ungehobelte, ungeschliffene und völlig natürliche Art. Er wußte, was sie ihr bedeuteten, und er hatte es immer respektiert, und bislang hatte er alle nötigen Besuche über sich ergehen lassen, die Taufen und Kommunionfeiern und Geburtstage und Hochzeiten, zu denen es diese mittelalterlichen Festgelage gab, die einen Tage lang essen bedeuteten, immer neue Gänge, von für ihn völlig unüblichen Pausen unterbrochen. Sie schienen nur dazu zu dienen, das Hungergefühl auf kleiner Flamme zu halten. Es stimmte, irgendwie mochte er diese Menschen auch, und doch war jeder Besuch für ihn eine Tortur. Er wollte gern jeden Tag hören, daß es ihnen gut ging und daß sie ein paradiesisches Leben führten, und dann wollte er sie segnen und gern einen Teil seines eigenen Glücks dafür opfern, daß sie ihres behielten, nur in Ruhe sollten sie ihn lassen mit ihren Zigarren und Kanarienvögeln und Wangenküssen, ihrem Erdbeerbier und ihren Ausflügen in einen flämischen Dialekt, den er dann vollends nicht mehr verstand.

Für uns Kinder dagegen gab es nichts Schöneres, als im Sommer einen Teil der Ferien bei unserer Oma in Antwerpen oder bei Tante Edith in Aarschot zu verbringen. Wir wurden verhätschelt und gemästet und hofiert, überallhin mitgenommen, durften lange aufbleiben und draußen tun, was wir wollten, und wir gingen immer auf die verwilderten Grundstücke vor der Stadt oder machten Ausflüge mit dem Fahrrad. Alles war anders und aufregend und gleichzeitig so vertraut, und wir plumpsten in diese fremde, vertraute Welt des ewigen Sommers und nisteten uns darin ein, bis wir traurig und unter Tränen den Ansturm von Küssen über uns ergehen ließen, wenn wir mit unseren Reisetaschen in der Hand fertig zur Abfahrt waren. Aber wenn wir daheim ankamen, fielen wir unseren Eltern glücklich in die Arme, liefen mit fliegenden Fahnen über und ließen das alles für ein Jahr ganz zurück.

Es war ein sonniger Tag im Mai, als sie aufbrach. Am Morgen war es noch kühl, und er legte ihr sorgsam den Mantel um die Schultern und das geblümte Sommerkleid und ermahnte sie wie ein Kind, auf sich zu achten und ihn anzurufen, wenn sie angekommen war, damit er sich beruhigt seinen Studien widmen konnte, aber dann, am Vormittag, als das Telefon klingelte, riß es ihn bereits aus einer anderen Welt und erreichte nur langsam sein Gehör wie ein Wecker in einem tiefen Traum. So vergnügt war er selten gewesen. Mama – seine „Cessy" – hatte einen schönen Tag bei den Ihren, und er konnte in Ruhe seiner Arbeit nachgehen, ernährte sich zwischendurch von einer Eintopfmahlzeit, die vorgekocht war, und von Bananen und gesalzenen Erdnüssen, und sah sich währenddessen statistische Grafiken – in Ermangelung eines Computers, den es damals noch nicht gab – auf halbtransparenten Folien an, und am Abend sah sein Zimmer – wie gewöhnlich – aus wie ein Saustall. Wir Kinder verbrachten den Tag und die Nacht bei Luisa, einer Freundin. Alles war arrangiert. Irgendwann spät sah er auf die Uhr und entdeckte verwundert, wieviel später es bereits war als er angenommen hatte, aber er arbeitete noch die halbe Nacht und fiel dann erschöpft ins Bett, wo er nur ein paar Stunden schlief. Er brauchte nie mehr als fünf Stunden Schlaf.

Am nächsten Tag erwartete er ihren Anruf. Das Telefon hatte er in sein Zimmer gestellt, und als am Nachmittag zweimal Freunde von mir anriefen, dachte er jedesmal, sie wäre es. Er stürzte sich wieder in seine Arbeit, doch als es dunkel wurde und sie sich noch immer nicht gemeldet hatte, wurde er unruhig und rief schließlich, gegen 19 Uhr, bei ihren Eltern an. Eine ausgewachsene Fröhlichkeit schlug ihm durch die Leitung entgegen, wie sie ein gelungener Verwandtenbesuch nach sich zieht. Sie sei gegen 16.30 Uhr mit dem Zug abgefahren, sagte man ihm. Sie hatten ihr am Bahnhof noch zugewinkt.

Luisa brachte uns nach Hause, und er versuchte uns seine Sorge nicht merken zu lassen, doch wir verschwanden verdächtig schnell in unseren Zimmern, und ich weiß noch, wie angespannt er war, obwohl ich damals nicht älter war als sieben. Später weckte er Rosanna, die damals dreizehn war, und trug ihr auf, die Stellung beim Telefon zu halten, und dann fuhr er los zum Bahnhof und fragte nach ihr, rief wieder in Aarschot an und bei allen Krankenhäusern, dann zu Hause. Schließlich fuhr er zur Polizei, wo man versuchte ihn zu beruhigen und ihn auf den nächsten Tag vertröstete. Er saß die ganze Nacht zu Hause und wartete, aber sie kam nicht, und er versuchte sich zu abzulenken, ohne jeden Erfolg. Alles fiel ihm ein, was mehr oder weniger Sinn machte: Vielleicht war sie unterwegs irgendwo abgestiegen, ohne eine Gelegenheit, ihn zu benachrichtigen, oder es hatte einen Unfall gegeben und sie lag in irgendeinem Krankenhaus entlang der Strecke. Er rief die Bahnhöfe an und fragte sich durch bis zur Gewißheit, daß die Züge planmäßig ab- und angefahren waren und daß es kein Unglück und keine Verzögerung gegeben hatte.

Am nächsten Tag, ein Montag, schickte er uns zur Schule und arrangierte mit Luisa die Betreuung für den Rest des Tages und notfalls wieder für eine Nacht, falls er sich nicht melden würde, und dann fuhr er los, zur Polizei und später die ganze Strecke über Aachen und über die Grenze bis nach Aarschot, und so sah er doch noch die Familie, deren Begegnung er so eifrig gemieden hatte, aber sie empfingen ihn bleich und kaum fähig, die umständlichen Riten der Gastfreundschaft wie gewohnt auszuführen. Gemeinsam rekonstruierten sie ihren Weg nach dem Abschied, fuhren gemeinsam zum Bahnhof und zur örtlichen Polizei. Als es Abend war, gab es immer noch keine Spur von ihr, und man suchte sie jetzt in zwei Ländern, ohne auch nur einen Hinweis zu finden. Es wurde Dienstag und Mittwoch, und es gab kein Lebenszeichen, keine Nachricht von ihr.

Die Fahndung dauerte Wochen, aber es gab nichts als dürftige Spuren, die im Sande verliefen. Jemand behauptete, sie am Bahnhof von Liège gesehen zu haben. Das lag auf der Strecke. Doch als man nachforschte, stellte sich heraus, daß die Beschreibung der Person nicht paßte. Der vermeintliche Zeuge hatte nur irgendeine Frau mit hübschen Beinen wahrgenommen – und wohl nur deshalb –, die zwar einen karmesinfarbenen kurzen Mantel trug, die aber blond war und einen Rollkoffer hinter sich herschleppte. Einer anderen Aussage zufolge war sie in einer Autobahnraststätte nahe der Grenze gesehen worden, spät an jenem Abend, doch besagte Dame hatte, wie sich herausstellte, einen kleinen grauen Pudel mit sich geführt.

Dann – etwa nach einer Woche – rief jemand an, der mit rauher Stimme kurz und knapp zu Protokoll gab, daß Ceciel sich in seiner Gewalt befinde, und er nannte eine Geldsumme, die nötig sei, sie lebend wiederzusehen. Das war absurd. Unser

Vater war weit davon entfernt, berühmt oder wohlhabend zu sein, wenn er auch in Gelehrtenkreisen bereits einen Namen hatte, was bei seiner intensiven und kontinuierlichen Forschungsarbeit nicht verwunderlich war. Aber er hätte nicht mehr aufbringen können als ein paar tausend Mark, und alles in allem sah es so aus, als habe ein Zeitgenosse mit auserlesenem Humor und einem spontanen Geschäftssinn die Zeitungsberichte falsch interpretiert: Angesehener deutscher Wissenschaftler, Frau verschwunden, Belohnungen für Hinweise geboten.

Er war noch Tage nach dem Anruf in einer entsetzlichen Verfassung, und die Polizei konnte ihm nur mit Mühe ausreden, daß in dieser Richtung irgendeine Lösung zu erwarten wäre. Er fühlte sich von dieser Seite so im Stich gelassen, daß er nach einem zweiten Anruf einige Tage später niemanden benachrichtigte, in aller Eile 30.000 Mark aufbrachte und sich damit schließlich an einen vereinbarten Ort begab. Er kam gutgläubig wie ein Baby, nicht einmal eine Waffe in seiner Tasche, nur getrieben von der Hoffnung, daß alles damit ein Ende haben und er sie wieder in seine Arme schließen könne, egal was sie ihr angetan haben mochten und was immer an Anstrengungen nötig war, dieses Kapitel seines und ihres Lebens vergessen zu machen. Er wartete mit klopfendem Herzen an einem gottverlassenen Ort inmitten von Fabrikruinen, wo man ihn niederschlug und mit dem Geld verschwand. Es konnte nie aufgeklärt werden, wer hinter diesem Überfall steckte, aber es hatte mit Sicherheit nichts mit ihrem Verschwinden zu tun – wenn er auch noch lange an diesem Glauben festhielt.

Immer wieder gab es Spuren und Hinweise, besonders in den ersten Wochen und Monaten, aber sie führten alle zu nichts. Dann wurden sie seltener und immer seltener, und irgendwann war klar, daß die Bemühungen der Polizei erlahmt waren, und als er neue und immer neue Fahndungen forderte, machte man ihn behutsam mit dem Gedanken vertraut, daß seine Frau tot war. Die Wahrscheinlichkeit, sie noch lebend zu finden, reduzierte sich auf ein Minimum.

Als die Jahre vergingen, kamen alle früher oder später darüber hinweg und ergaben sich der Erkenntnis, daß es keine Hoffnung mehr gab. In der Statistik war es eines der Gewaltverbrechen, die nie aufgeklärt werden würden, Zeugnis der großen Umsicht eines Täters oder auch nur ungewöhnlich glücklicher Umstände, die jede Spur im Laufe der Zeit verwischt hatten. Wir lebten weiter und fanden alle – innerlich verändert, aber letztlich unversehrt – unseren Weg. Nur er gab die Hoffnung niemals auf, daß es einen Platz auf der Welt gab, wo sie lebte, und er untermauerte diese Überzeugung mit der Begründung, daß er es spüre, daß er über eine Gewißheit verfüge, die über jeden Zweifel erhaben sei. Er litt unaussprechlich, und die Tatsache, daß er damals nicht mir ihr gefahren und nicht an ihrer Seite gewesen war, lastete auf ihm als eine untilgbare Schuld. Er hatte sie sich selbst überlassen und es versäumt, sie zu schützen, und hatte dafür keine andere Entschuldigung als seinen egoistischen Wunsch, einen Tag für sich haben zu wollen, eine Entschuldigung, die keine sein konnte und ihn seinen Selbstvorwürfen überließ, die allem guten Zureden und der Heilkraft der Zeit standhielten.

Es war 1989, sieben Jahre nach ihrem Verschwinden, als seine Theorie neue Nahrung erhielt. Damals begannen die Anrufe mit dem hartnäckigen Schweigen am anderen Ende der Leitung. Wenn er den Hörer nahm, meldete sich niemand, und er spürte nur dieses Warten irgendwo im Gewirr der telefonischen Schaltungen. Es war nur eine Stille, die lange Sekunden, oft eine Minute währte, und er horchte in diese Stille, verzweifelt, fiebernd, bevor endlich das Knacken ertönte, das Beenden eines Gespräches, das nicht stattgefunden hatte. Sie ist es, sagte er, ich weiß, daß sie es ist, und anfangs sprach er in den Hörer, beschwörend, bittend, befehlend. Er erzählte von den Kindern, von uns, erzählte Geschichten, gab Berichte ab über sein Leben und seine Sehnsucht, und irgend jemand am anderen Ende hörte sich diese erschütternden Beichten, die Eingeständnisse einer Schuld an, ungerührt, immer wieder. Wir haben diesen Unbekannten gehaßt, diese perverse Natur, die es fertigbrachte, sich am Leid anderer zu weiden, und wir waren es, die eine Fangschaltung durchsetzten, als er selbst sich weigerte, sie – wie er sagte – mit so unfairen Mitteln förmlich einzufangen, zu zwingen, da er ganz auf die Kraft seiner Worte vertraute, die eines Tages eine Reaktion hervorrufen würden, dessen war er ganz sicher.
Die Schaltung führte in ein Duisburger Wohnhaus, wo ein arbeitsloser Fliesenleger nichts Besseres zu tun hatte, als die Leiden anderer Menschen zu schüren, aber wir haben es ihm nie gesagt. Die Anrufe hörten auf, und die Bürde des Versagens lastete auf ihm, schlimmer als je zuvor, immer gedämpft von der

verzweifelten Hoffnung, eines Tages werde das Schweigen wieder einsetzen, das die einzige dürftige Verbindung zu ihr war. Doch die Anrufe kamen nie mehr, auch wenn jeder Mensch, der sich verwählte und auflegte, ohne eine Entschuldigung zu stammeln, den Funken wieder schürte.

Zwei Jahre später wandte er sich an einen Spiritisten und Hellseher, der ihm darüber Auskunft geben sollte, ob sie tot oder lebendig war. Er sagte ihm, sie sei nicht tot, sondern lebe noch, gar nicht weit von ihm entfernt, ja vielleicht in derselben Stadt, und seitdem zog er stundenlang unermüdlich durch die Straßen, fuhr ohne Ziel mit Straßenbahnen kreuz und quer durch die Stadt, begab sich in die Menge der Menschen, nur um die Passanten anzusehen. Er wandte sich an eine Organisation, die vermißte Menschen sucht, und brachte es schließlich bis in eine Fernsehsendung, wo Verzweifelte vor einer Kamera einen Appell in den Äther richten konnten, an den Menschen gewandt, für dessen Verschwinden es nie den greifbaren Hinweis eines Gewaltverbrechens gab, und sein Fall erfüllte diese Voraussetzungen bestens. Es gab immer noch nicht die klitzekleine Spur einer derartigen Tat.

Alles wiederholte sich: Es kamen Anrufe, Briefe, Menschen tauchten auf, die behaupteten, sie gesehen zu haben, und wir alle fuhren notgedrungen in der Weltgeschichte herum, hatten Kontakt mit Behörden und allen Arten von Wichtigtuern, bis alles wieder im Sande verlief. Man behauptete, sie lebe mittlerweile in Südamerika oder in Spanien, jemand sandte die unscharfe Fotografie einer Frau, die ihr täuschend ähnlich war und auch den Alterungsprozeß adäquat in Rechnung stellte. Wir alle waren wie gelähmt beim Anblick des Bildes, und auch in uns flammte die Hoffnung wieder auf. Doch die Spur endete bei einer ahnungslosen Frau, die bei einer Begegnung nicht mehr aufwies als eine gewisse Ähnlichkeit. Auch ein Brief kam, die Bitte um Verzeihung, unterschrieben mit ihrem Namen, aber er hatte keinen Absender, und die Schrift war auf den ersten Blick eine andere. Rosanna bekam vor Wut und Aufregung einen Nervenzusammenbruch. Was es doch für erbärmliche Menschen gibt, die zum Vergnügen ihre Finger in die Wunden anderer legen!

Das Verschwinden einer Frau vor 20 Jahren bestimmte immer noch das Leben eines einsamen, vor der Zeit ergrauten Mannes, der seiner Arbeit nachging, scheinbar nur um seine Lebenstüchtigkeit unter Beweis zu stellen und dem ständigen

Verdacht zu begegnen, daß er ein Fall für eine Therapie sei. Er hatte seinen Beitrag geleistet zur Erforschung der vorchristlichen Handelswege, wenn auch nicht den, den er hätte leisten können, wenn er an jenem Sonntagnachmittag ihren Anruf erhalten und sich dann wie vereinbart ins Auto gesetzt hätte, um sie abzuholen. Es war eine seltsame Nüchternheit in seinem Vorgehen bei aller fanatischen Verbissenheit. Er schien sich nie der Grenze des Wahnsinns auch nur zu nähern und begegnete unseren betont fürsorglichen Interventionen mit scharfen Zurechtweisungen, sehr wohl spürend, wenn wir drauf und dran waren, ihn wie einen Pflegefall zu behandeln und mit ihm sprachen wie mit einem Greis. Er sah mich an, mit dem tadelnden Blick, den ich seit meiner Kindheit kannte, eine wortlose Geste, die jedem die Chance gab, vor einer Dummheit noch rechtzeitig die Kurve zu kriegen, ohne daß man darüber Worte verlieren mußte.

„Wenn du glaubst", sagte er einmal, „daß ich ein Fall für die Psychiatrie bin, und anfängst, mich zu behandeln wie einen senilen alten Trottel, dann bitte ich dich, dieses Haus zu verlassen und von weiteren Besuchen abzusehen."

Nein, das war er nicht, nicht im geringsten. Sein Verstand war wach wie eh und je und schien nie ernsthaft Schaden genommen zu haben.

„Weißt du, in all diesen Jahren hätte ich jemanden gebraucht, der mit mir daran glaubt, der niemals die Hoffnung aufgibt, und ich hatte am meisten gehofft, daß es meine Töchter sein würden. Ich dachte immer, daß du die einzige bist, die mich verstehen könnte."

Ich schämte mich, auch wenn es dafür keinen Grund zu geben schien. Aber ich hatte einen Kloß im Hals und hätte ihm gern den Gefallen getan, ihm zuzustimmen, aber er erlaubte nicht, daß ich ihn mitleidig behandelte wie einen Greis, und deshalb wollte ich es auch nicht tun.

„Du sagst, daß du deinen Verstand beisammen hast. Aber dann müßtest du erkennen, daß es nicht realistisch ist zu glauben, daß sie noch lebt. Sie hatte keinen Grund, uns zu verlassen, und sie hätte nie, niemals ihre Familie im Stich gelassen. Dafür gab es keinen Grund, und sie war einfach nicht der Mensch, so etwas zu tun. Wenn ich mich an meine Mutter erinnere, dann sehe ich eine gute, liebevolle Frau und ein schönes, lachendes Gesicht. Ich sehe immer ein lachendes Gesicht. Und sie hat uns vergöttert. Sie wäre nie einfach weggegangen, ohne eine Nachricht zu hinterlassen."

„Und wenn sie das nicht mehr konnte? Wenn sie gezwungen wurde? Wenn es irgendeinen Grund gab, den wir nicht kennen?"

„Was für ein Grund soll das gewesen sein?"

„Sie haben ihr irgend etwas angetan." Seine Stimme leise, so daß man sich anstrengen mußte, es zu hören. „Irgend etwas, das ihr die Rückkehr für immer verwehrte. Irgend etwas, das ihr das Gefühl gab, nicht mehr sie selbst zu sein, so daß sie auch den Platz nicht mehr einnehmen konnte, an den sie gehörte."

Mit dieser Vorstellung hatte er uns ungewollt oft gequält: daß sie geschändet in irgendeinem Waldstück ihre zerrissenen Kleider zusammenraffte und dann wie in einem schwarzweißen Leinwanddrama in die anonyme Rolle einer neuen Existenz schlüpfte.

„Sie war sensibel", sagte er. „Mein Gott, so sensibel."

Es war ein Gespräch, das wir vielleicht ein Dutzendmal geführt hatten im Laufe der Jahre, in denen meine sprachlichen Möglichkeiten gewachsen waren, so daß nur die Geschliffenheit meiner Formulierungen einen Unterschied machte. Es endete immer bei dem geheimnisvollen Grund, den wir nicht kannten. Doch wir waren bei unseren Nachforschungen sogar bis in die ärztliche Schweigepflicht eingedrungen: Es gab keine tödliche Krankheit oder dergleichen, das sie gezwungen haben könnte, einen solchen Schritt zu unternehmen. Es gab keinen anderen Mann, und es gab auch sonst nichts, was auch nur im Entferntesten als Erklärung herhalten konnte.

„Ich verstehe es nicht", sagte er, „aber ich weiß, daß sie lebt und daß es einen Ort gibt, wo wir sie finden könnten. Ich weiß es."

Er lächelte, kaum merklich. Es war mehr eine Entspannung seiner Gesichtszüge. Er sah mich an, und ich überzeugte mich von der Gewißheit in seinen Augen und erschauerte. Er verunsicherte mich wieder und wieder, wenn er mich mit dieser Gewißheit im Blick ansah. Dann saß er wieder da und wartete. Ich erinnerte mich an die Zeiten, als er uns abends zugedeckt hatte, eine Zeremonie, die den Tag sinnvoll beschloß und vollendete. Er hatte uns nie geschlagen oder auch nur angeschrien, obwohl und weil er alles gewußt hatte: die Lügen und Betrügereien und die tausend Tricks, die Geheimnisse der Halbwüchsigen, die er alle schon kannte, bloß weil er selbst einmal in dem Alter gewesen war und für jede Kleinigkeit das Gedächtnis eines Elefanten hatte, und er verlor nie ein Wort darüber und schenkte uns das

Vertrauen, das wir nicht immer verdienten, und wenn wir in Schwierigkeiten waren, hatte er uns geholfen, auch dann, ohne ein Wort darüber zu verlieren. Und er hatte sich um uns gekümmert, selbst in den schwersten Monaten danach, als alles um ihn herum zusammengebrochen war. Für uns war er immer stark gewesen und hatte uns von allem abgeschirmt. Seine Stärke widersprach der naheliegenden Erklärung, daß ein zu sensibles Gemüt an der Erschütterung einer Katastrophe zerbrochen war. Aber ich mußte mein eigenes Leben leben, und ich haßte es, wenn er mich verunsicherte und in den Kreislauf der verzweifelten und völlig unsinnigen Hoffnung zurückzog, dem er mich ausgesetzt hatte, seit ich halbwegs erwachsen war.

Er wartet noch immer, und er glaubt daran, daß sie kommt, ganz fest. Ich sehe ihn, wie er dasitzt in seinem Stuhl am Fenster, den Blick hinaus in den Hof mit der Einfahrt zur Straße. Dort bei der Hintertür sitzt er und starrt hinaus. Er glaubt fest daran, daß sie eines Tages kommen wird, und er erwartet sie, bereit, ihr alles zu verzeihen und so zu tun, als hätte es die Jahre der Trennung nicht gegeben.

Den ganzen Tag schon ist er unruhig gewesen, seltsam unruhig, so wie lange nicht.

Draußen hört man Schritte, und er wendet den Kopf und lauscht. Endlich ist der Moment gekommen. Er steht auf und geht zur Tür, und wenn er sie öffnet, wird sie dastehen in ihrem geblümten Kleid, den Mantel über dem Arm, und lächeln, die kleinen Fältchen in den Augenwinkeln, die Unterlippe ein Stück unter die Oberlippe gezogen, diese unverwechselbare Art des Lächelns.

Sein Herz klopft. Sie ist da, nach all den Jahren. Er spürt es, er weiß es. Er hat keinen Augenblick aufgehört, daran zu glauben. Die Schritte nähern sich. Es sind die Schritte einer Frau, die vor der Tür enden.

Er öffnet die Tür und schaut sie an.

Sie ist alt geworden, aber wir erkennen sie beide, auf den ersten Blick.

Das Zentrum der Welt

Es hieß, daß die Trommeln seit 10.000 Jahren nicht verstummt waren – eine Zeitspanne, die sich bis in die mythenhafte Zeit erstreckte, in der es Geschichtsschreibung noch nicht gab. Es hieß, man habe begonnen, diese Trommeln zu schlagen, als Anek'her regierte, ein Herrscher, ein König, *der* König in der Mythologie der Rak'há, der ein Mak'ham nach der großen Flut regierte, und ein Mak'ham, das waren 120 Jahre. Und wenn das stimmte, dann hatten die Trommeln seit 10.000 Jahren nicht geschwiegen.

„Stellt euch das vor", sagte Su. „Das gab es schon lange vor den ersten Dynastien, lange vor der Großen Mauer, bevor die Pyramiden erbaut wurden, bevor es Rom oder Athen oder Alexandria gab. Als diese Trommeln begannen, gab es noch kein Babylon und kein Ninive. Vielleicht gerade nur die ersten Siedlungen, die ersten Anfänge von Besiedlung und Handel an den großen Flüssen in der Wüste. Diese Trommeln sind älter als unsere gesamte Zivilisation!"

Aber die anderen schienen ihr gar nicht zuzuhören. Tao verdrehte die Augen und gab sich demonstrativ geschäftig mit seinen Routinearbeiten, die nichts waren als lange geübte Handgriffe.

Su ging allein über die staubige Ebene und dann die unregelmäßig mit struppigen, grasartigen Bodenpflanzen bewachsenen Hänge hinauf. Die Sonne schien grell, stand an einem türkisfarbenen Himmel, kleiner, aber doch heller als die Sonne zu Hause, und sehr blaß waren am Horizont zwei der Monde zu erkennen.

Sie ging hinauf bis zum Kamm des niedrigen Höhenzuges und blickte auf der anderen Seite hinab auf ein weitläufiges Tal und eine massiv ummauerte Stadt mit sandsteinfarbenen Türmen. Wenn man sich die Farbe des Himmels und die Monde wegdachte, sah es auch nicht anders aus als in Gegenden Tibets oder in Palästina. Aber die höhere Schwerkraft und die Sauerstoffarmut der Atmosphäre ließen einem letztlich keine Chance zu vergessen, wo man war.

Sie blickte auf den langgezogenen Hügel unweit der Stadt, wo im Kreise hoher, schwarzer Pylone und Skulpturen das „Zentrum der Welt" lag, der heilige Ort der Rak'há, wo die dafür ausersehen und isoliert aufgezogenen Haj'k'ran saßen und ihr Leben lang den gleichen Rhythmus trommelten, beschirmt von den Schattenspenderinnen mit ihren großen, feingewebten Sonnenschilden.

Su konnte nicht weiter darüber schweigen, sie mußte ihren Gedanken Wege öffnen.

„Berührt es euch denn überhaupt nicht, daß wir hier eine ganze Kultur dem Untergang weihen?"

Man hatte nach dem Essen für die freie Stunde wie gewohnt die Botanik des Schiffes zum Treffpunkt erkoren, die parkähnliche Anlage, die mit ihnen durch das All gereist war. Sie gehörten alle zu den Jüngeren und waren ungefähr in Sus Alter.

Tao verdrehte die Augen.

„Ich kann diese Worte der Wehmut nicht mehr hören! Von den Wurzeln alter Kulturen, die sich in den Tiefen der Zeit verlieren. Jede Kultur hat ihre Geschichte, ihre Religion, ihre Mythen und heiligen Bücher. Und keins ist besser als das andere. Am Ende sind sie alle nur Trug und die Worte nicht wert, die Menschen wie du daran verlieren."

„Verstehst du denn nicht: 10.000 Jahre! Seit 10.000 Jahren erklingen diese Trommeln über der Talebene!"

„Das ist, global gesehen, eine verschwindend kurze Zeit. Und von mir aus könnte es damit eher heute als morgen ein Ende haben. Es tötet mir den Nerv! Es macht mich rasend! Ewig derselbe monotone Rhythmus, immer das gleiche. Ich weiß nicht, wie die Bewohner dieser Welt das 10.000 Jahre ausgehalten haben, aber es wird Zeit, sie davon zu erlösen!"

„Es ist nicht immer nur ein monotoner Rhythmus. Es scheint sich ständig zu wandeln. Und euch berührt wohl nicht ein bißchen, daß wir hier eine ganze Kultur der Zerstörung preisgeben?"

„Weisheit der Großen! Warum sind wir denn hier! Es ist unsere Aufgabe, diesen Planeten für die Besiedlung vorzubereiten. Deshalb hat man uns hergeschickt."

„Wir müßten den Stausee nicht hier bauen. Nicht ausgerechnet hier an dieser heiligen Stätte!"

„Doch, das müssen wir. Weil es bei weitem der beste Ort dafür ist. Wir müssen auf diesem öden Planeten wenigstens *eine* Region schaffen, in der man auf Dauer leben kann. In der *wir* auf Dauer leben können! Und das ist hier!"

Su sah bleich und unausgeschlafen aus, hatte Ringe unter den Augen. Auch ihr langes schwarzes Haar war ziemlich durcheinander.

„Wir werden alles zerstören. Diese ganze uralte Kultur wird untergehen. Es wird sein wie auf der Kristallwelt. Was ist denn da geblieben von der alten Ordnung?"

„Sie können ihre heiligen Trichter an andere Orte bringen und dort weitertrommeln!"

Aber das würden die Rak'há nicht tun. Die Anlage auf dem langgezogenen Hügel war ihr heiliger Ort. Es war die Wiege ihrer Götter, der Ort des Anfangs aller Dinge und der Ewigkeit.

„Warum können wir sie nicht einfach in Ruhe lassen? Es wird sein wie auf der Kristallwelt. Wir kommen vom Himmel, die Sternenfahrer in ihren riesigen Himmelsschiffen, und lassen sie staunend vor unseren Errungenschaften stehen. Sie stehen starr vor Ehrfurcht oder ungläubig und voller Angst vor unserer Technologie. Unsere Kleidung, unsere Waffen, unsere Geräte ... Sie werden alles annehmen, soweit wir es zulassen, wir werden sie nach und nach mit allem vertraut machen, und ihre eigene Kultur wird vom Wind verweht. Es wird alles veschwinden, und nach ein paar Generationen weiß niemand mehr etwas von diesen Dingen."

Tao blickte streng, betont kalt aus seinen schmalen braunen Augen.

„Wir reden von Dingen, die man nicht verhindern kann. Solange die Menschheit besteht, gab es Eroberungen und Kolonisation. Immer schon haben fortschrittlichere Kulturkreise die archaischeren assimiliert und in sich aufgesogen. Und es ist ein rührendes Märchen, daß man das auch auf sanfte, schonende Art tun und den Völkern ihre Identität bewahren könnte. Wenn eine Berührung stattfindet, dann ist es unausweichlich, daß ein Prozeß der Angleichung die Folge ist und daß der unterlegene Teil den Errungenschaften des anderen nacheifert und sie zu übernehmen trachtet. Und die Kolonisten werden immer das Maß und das Tempo bestimmen wollen, in dem diese Annäherung ihren Lauf nimmt. Wir können diesen Leuten unsere M-Waffen nicht ohne weiteres in die Hände geben, und wir können sie ihnen ebensowenig vorenthalten und sie auf Dauer vor ihnen verbergen. Ja, vielleicht ist es sogar bedauerlich, daß eine solche Kultur verschwindet oder ihre Eigenart einbüßt, aber es ist unausweichlich. Selbst wenn wir dem ach so gerühmten römischen Modell folgen und ihnen ihre eigenen Götter lassen, wird es immer diejenigen unter ihnen geben, die sich für unsere interessieren und ihr Weltbild dem unseren angleichen wollen. Du kannst es nicht verhindern. Und ebensowenig können wir uns einfach wieder abwenden und sie sich selbst überlassen, sie *in Ruhe lassen*, wie du es nennst. Wir reisen schließlich nicht Lichtjahre durch den Weltraum, auf der Suche nach bewohnbaren Welten, um dann, wenn wir sie endlich gefunden haben, tatenlos wieder nach Hause zu fahren."

Administratorin Siang Hwao sagte das gleiche wie Tao. Als Su am Abend – ein Abend auf diesem Planeten, der sich in 30 Stunden um seine Achse drehte – im Dienstraum ihres Quartiers empfangen wurde, seufzte die leibesfüllige Dame mit dem fast kahlgeschorenen Kopf und blickte ihre Besucherin in einer Mischung aus Mißbilligung und Nachsicht an.

„Es gibt keinen Weg, diese Kultur zu retten", sagte sie. „Es gibt keinen. Wir können sie nicht umsiedeln. Es gibt keine andere Region des Planeten, die gleichwertigen Lebensraum bietet. Der Hauptkontinent auf der Nordhalbkugel ist fast ganz mit Eis bedeckt. Sie wissen, die einzige andere Population auf dieser Welt lebt dort in dieser Küstenregion in ewigen Stürmen. Sie haben doch die Basis-Dokumentation gesehen?"

Su hatte den Bericht und die Aufnahmen studiert. Dort oben am Rande der Eisregion gab es noch eine kleine, dem Untergang geweihte Population von etwa 1000 Individuen, in einer inzüchtigen sozialen Ordnung degeneriert, möglicherweise Abkömmlinge der hiesigen Rak'há-Kultur, deren Verbindung vor langer Zeit abgebrochen war. Überreste von Bauten im Wüstensand und auf dem Festlandsockel unter dem heutigen Meeresspiegel ließen vermuten, daß es einmal vielerorts auf dem Planeten Rak'há gegeben hatte, als das Klima noch günstiger gewesen war.

„Sie würden sich ohnehin nicht umsiedeln lassen. Ihre Fürsten haben sich deutlich genug geäußert. Und ich sehe keinen Sinn darin, gewaltsam eine solche Aktion durchzuführen."

„Dann lassen Sie ihnen noch Zeit! Vielleicht lassen sie sich nach einer Weile zu einer Umsiedlung bewegen."

„Wir haben keine Zeit mehr." Die alte Frau massierte sich den Nacken und atmete tief. „Es hat keinen Sinn, daß wir uns auf diese Mission begeben und dann den Rückzug antreten, wenn wir endlich am Ziel sind."

Es waren fast die gleichen Worte, die Tao gebraucht hatte.

„Als die Menschheit vor 800 Jahren in den Weltraum aufbrach, da erwartete man bewohnte oder bewohnbare Planeten in jedem Sonnensystem. So hatte man es sich jedenfalls in literarischen Fiktionen vorgestellt. Und dann reisten wir von einem

Sternensystem zum nächsten, immer schneller und immer weiter hinein in unsere Galaxie. Und überall nichts als tote Planeten. Kein Leben in einem Umkreis von Millionen von Lichtjahren. Wir fingen an zu verstehen, auf welcher Fügung das Leben auf unserer Welt beruht. 800 Jahre Reisen durchs All – und nur ganze drei bewohnbare Planeten. Dies hier ist der dritte – und der zweite, auf dem eine dauerhafte Kolonie denkbar erscheint."

„Wenn wir ihn entsprechend verändern." Das Wasser zu riesigen Seen stauen, die Meere vergrößern, die Atmosphäre mit Sauerstoff anreichern. Und öde Landstriche urbar machen.

„Das ist unsere Aufgabe", sagte die Administratorin. „Und wir müssen sie schnell erfüllen. Bevor es auf der Erde endgültig niemanden mehr gibt, den man umsiedeln könnte."

Die Arbeiten gingen schnell voran. Wie Züge von Ameisen bewegten sich die Leute von der „Wuhan" zu Hunderten vom Schiff zum Damm und zurück. Das Wasser staute sich bereits und überschwemmte die Randgebiete des weiten Tales und die ersten Weiden der plumpen, kurzbeinigen Tiere, die die Rak'há *H'kton* nannten und die aussahen wie höckerige Flußpferde mit einem aufgesetzten, zu kleinen Kopf.

Immer standen auf den Hügelkämmen nahe der Baustelle in Reihen Rak'há, die den Geschehnissen starr und unbeweglich folgten.

„Macht mich nervös, daß die immer nur da herumstehen und ihre Augen nicht abwenden", sagte Tao. „Die sind mir nicht geheuer."

„Sie sind keine Gefahr für uns", sagte Su ärgerlich, „und sie denken nicht einmal daran, sich gegen uns aufzulehnen."

Taos Blick war voller Wut.

„Wenn nur dieses Getrommel aufhören würde!"

Dumpf und resonant ordnete sich der Rhythmus der Trommeln in die Szenerie, sobald man das Schiff verließ, und er drang sogar vor bis in manche Bereiche im Innern. Auch in der Botanik war er zu hören, sehr entfernt, eine hintergründige Geräuschkulisse.

Su ließ dieser Gedanke nicht los: Seit 10.000 Jahren ging die Kunst des Azkada'hán von einer Generation von Haj'k'ran auf die nächste über. Schon als Kinder wurden sie auserwählt und für ihre künftige Lebensaufgabe erzogen. Ab ihrem 17. Jahr war für sie Sinn und Berechtigung ihres Daseins einzig das Azkada'hán. Nichts anderes waren sie in ihrem ganzen Leben bestimmt zu tun, als täglich ihren Platz einzunehmen und im Azkada'hán-Zyklus an gegebener Stelle einzusetzen, immer wieder abgelöst und immer wieder selbst Ablösung in einem Ablauf, der für die Ewigkeit bestimmt war.

Es gab andere, die sich um das Schicksal der Rak'há Gedanken machten, aber viele waren es nicht. Die Menschen, die diese Reise angetreten hatten, waren nicht danach ausgesucht worden, wie sensibel sie waren und wie sehr sie zum Grübeln neigten. Ganz im Gegenteil. Und Su hatte den Vorstellungen von einer genetisch einwandfreien, bis an die Grenzen leistungsfähigen Teilnehmerin entsprochen, die nur fünf Stunden Schlaf brauchte und die Implantation der mechanischen Teile schon in der Jugend hinter sich gebracht hatte.

Aber sie hatte sich verändert während der Reise, während der drei Jahre, die sie mittlerweile unterwegs waren, im Hyperraum-Gleitsprung durch solare Systeme toter Materie. Als sie die Welt der Rak'há erreicht hatten, war ihr klargeworden, daß der Auftrag, den Fortbestand ihrer Spezies zu retten, für eine andere den Untergang bedeuten konnte.

Sie hatte einen Eindruck davon bekommen, was mit den Wesen auf der Kristallwelt geschah, und hatte alles an Information darüber gesammelt, was erreichbar war.

Talath war auf der Kristallwelt gewesen. Su hatte oft mit ihr gesprochen. Sie waren so etwas wie Freundinnen geworden, soweit das gestattet und geduldet war.

„Das übelste für die Wesen der Kristallwelt ist, daß sie sich nicht mit uns vermischen können", sagte Talath, „und nicht einmal entfernt so aussehen wie wir. Wenn wenigstens mit den schönsten von ihnen eine Paarung in Betracht käme, dann hätten sie immerhin eine Chance, sich mit uns zu vermischen und genetisch in uns aufzugehen – was eine große Ehre wäre."

Daß es so klang, als wäre es ganz ernst gemeint, war Talaths Art von äußerstem Sarkasmus. Und es entsprach ihrer Art eines etwas konservativen Sprachstils. Manche befanden, sie zelebriere die altertümliche Ausdrucksweise der Vorfahren allzusehr, aber Su mochte ihre Art und liebte es ihr zuzuhören.

Talath saß da, mit ihren Schulterimplantaten und den großen braunen Augen, die bis in den Infrarotbereich sehen konnten, und verzog den Mund. Die Bewohner der Kristallwelt waren kleine, unförmige Wesen mit Sinnesorganen am ganzen Körper, und in der Tat wäre kein Mensch je auf die Idee gekommen, einen von ihnen zu vergewaltigen oder zu umwerben. Die Rak'há waren anders: schmale, aufrechte, langgliedrige Wesen. Häßlich zwar für menschliches Empfinden, mit schuppiger Haut, mit flachen, großflächigen Geruchsorganen, die das ganze Gesicht beherrschten, aber ihre Physiognomie glich wenigstens entfernt der menschlichen, sie hatten Behausungen, städtische Siedlungen und eine Sprache mit einem System komplizierter Knacklaute.

Wieder und wieder geriet sie in Streit mit anderen, mit Do Yeng und Tao. Besonders mit Tao.

„Die Rak'há sind ohnehin dem Untergang geweiht", sagte er. „Sieh dir die Ruinen der Städte an! Nur noch neun sind geblieben."

„In denen mehr als zwei Millionen von ihnen leben! Du kannst nicht wissen, ob ihre Kultur dem Untergang geweiht ist. Sie hat bis heute überlebt, und die Rak'há haben sich den klimatischen Veränderungen angepaßt. Auch wir auf der Erde waren einst sehr viele. Unsere Nation war die bevölkerungsreichste der Erde. Es ist *unsere* Welt, die dem Untergang geweiht ist, vielleicht mehr als diese hier!"

„Und deshalb müssen wir *diese hier* bevölkern, um zu überleben!"

Die Gespräche drehten sich immer im Kreis.

„Sie werden sich so oder so ihre Legitimation schaffen", sagte Talath. „Wären in der Galaxis die fremden Wesen so zahlreich wie Blumen auf einer Frühlingswiese, dann würden sie argumentieren, daß eben einige von ihnen ihre Unabhängigkeit opfern müßten für den Fortbestand unserer Spezies und daß es nicht so darauf ankomme. Jetzt, da es wenige sind, sehr wenige, argumentieren sie, daß ihnen keine Wahl bleibe in Ermangelung anderer Möglichkeiten. Das Ergebnis gleicht sich am Ende wie die aufgehende Sonne zweier Tage."

Su wußte, daß sie Recht hatte.

„Können wir irgend etwas tun?" fragte sie, aber die Resignation schwang schon in ihrer Stimme mit.

„Nein", sagte Talath. „Gar nichts."

Die Administratorin hatte eine Delegation der Rak'há empfangen. Nicht im Schiff, sondern draußen, in unmittelbarer

Nähe. Man wollte den Bewohnern des Planeten keinen Zutritt zur „Wuhan" gewähren, aber sie hatten auch nicht darauf gedrängt und keinerlei Anzeichen von Neugier erkennen lassen. Die Administratorin hatte mit ihnen gesprochen. Freundlich, manchmal lächelnd, aber die Rak'há kannten kein mimisches Äquivalent, schienen so etwas wie Humor zu entbehren und waren ohne Einschränkung ernst, feierlich in all ihren Aktionen und Bewegungen, von einer unerschütterlichen Ruhe, deren Einfluß man sich nur schwer entziehen konnte. Man wurde selbst ruhig und entspannt in ihrer Gegenwart, man konnte es nicht verhindern.

Es hatte einen umständlichen sprachlichen Austausch gegeben. Der Simultan-Übersetzer gab eine brauchbare Übertragung der Rak'há-Sprache ins Chinesische, setzte aber aus, wenn man neues Terrain berührte und funktionierte dann nur bruchstückhaft. Noch schwerer tat er sich auf dem umgekehrten Weg. Die Rak'há-Sprache war sehr kompliziert und ganz anders geartet als irdische Sprachen, zumal ein Code von Wimpernschlägen mit der stimmlichen Artikulation verbunden war. Mühsam, immer wieder mit Unterbrechungen, konnte man sich verständlich machen.

Als Su hörte, daß Siang Hwao mit einer eigenen Delegation in die Stadt der Rak'há zu gehen gedachte, faßte sie einen mutigen Entschluß. Sie wollte um die Erlaubnis bitten, sich der Delegation anschließen zu dürfen.

Talath sagte, das sei irrsinnig. Man würde ihr das niemals erlauben. Doch zu ihrem grenzenlosen Erstaunen erhielt Su noch am Tage ihres Gesuchs die Mitteilung, daß ihrer Bitte entsprochen worden war.

Und so entstieg sie im Gefolge der Administratorin dem Transporter, der vor den ockerbraunen, hohen Mauern gelandet war, und schritt durch einen der Tunneleingänge, die unter der Ummauerung hindurch in die Stadt führten. Auf der anderen Seite lag eine riesige, verwinkelte und ineinander verschachtelte Gebäudekonstruktion, die nicht aus einzelnen Häusern, sondern einem einzigen großen Komplex zu bestehen schien. Als sie ihn betraten, erwies er sich als Irrgarten aus kuppelförmigen Räumen und Sektionen, aus dem sie allein auf Anhieb nie wieder hinausgefunden hätten. In einem weiten, offenen Innenhof wurden sie von den Oberen der Rak'há empfangen.

Seit Anek'haj'sid, dem letzten direkten Nachfahren des legendären Anek'her, durfte sich kein Führer der Rak'há mehr

König nennen. Um'hán war der *königliche Fürst* der Rak'há, kein großes und imposantes, sondern im Gegenteil ein besonders feingliedriges, zerbrechlich wirkendes Exemplar. Er blickte starr und völlig unbewegt, seine ganze Haltung hatte etwas nach irdischen Maßstäben Aristokratisches, fast schon Erhabenes. Nichts von Arroganz, nur diese Ruhe und Gelasseneheit, die einen unwillkürlich leiser sprechen ließ. Ausgenommen die Administratorin, die davon scheinbar unberührt blieb.

Sie und die anderen Mitglieder des Kommandostabes zeigten Interesse für die Architektur der Stadt, und man führte sie, diesem Interesse entsprechend, weit herum durch immer neue Kuppelsäle und Gänge und schließlich erneut durch einen unterirdischen Tunnel.

„Wohin gehen wir?" fragte Siang Hwao. Su glaubte zum ersten Mal so etwas wie Beunruhigung in ihrer Stimme zu erkennen.

Um'hán wandte den Kopf und blickte sie von oben herab an.

„Zum Zentrum der Welt", sagte er.

Die Trommeln wurden lauter und immer lauter, als sie jenseits der Stadtmauern den Hügel hinaufstiegen und sich den schwarzen Pylonen näherten, vorbei an den riesigen Skulpturen – wie Su verwundert feststellte, kopflastige Figuren mit grinsenden, ja feixenden Gesichtern! Irgendwann mußte es auf diesem Planeten und in der Ordnung der Rak'há so etwas wie Lachen gegeben haben.

Das Dröhnen der Trommeln war fast ohrenbetäubend, als sie außerhalb eines Kreises stehenblieben, dessen Umfang die Pylone markierten. Und da saßen die heiligen Trommler, jeder von ihnen eine der Schattenspenderinnen an seiner Seite, die selbst schonungslos dem Sonnenlicht ausgesetzt waren. Vielleicht war das der Grund, warum diese Frauen alle auffällig dunkle Haut hatten.

Su starrte staunend, fast mit offenem Mund. Sie zählte achtzehn Männer, die in völligem Gleichklang die trichterförmigen Trommelkessel schlugen, mit langen, an den Enden kunstvoll ummantelten Stöcken. Sie versuchte dem Rhythmus zu folgen, ihn zu ergründen, wie sie es immer wieder versucht hatte, seit sie auf diesem Planeten war, aber es gelang ihr nicht. Es war eine derart komplizierte Abfolge von rhythmischen Figuren, daß ein Muster nicht greifbar schien. Später, viel später, als sie die akustischen Aufzeichnungen analysierte, stellte sich heraus, daß der Trommelzyklus aus *einhundertdreiundvierzig* Abfolgen bestand, deren jede sechs völlig verschiedene Unterzyklen umfaßte. Ein ganzer Zyklus entsprach der Umlaufbahn von Anek'h, dem größten der sechs Monde.

Auf ein Zeichen Um'háns setzte sich der Zug wieder in Bewegung und folgte dem Weg, der den Grat des Hügels entlang bis zu einer Art Aussichtspunkt führte, von dem aus man die Stadt und das Tal aus erhöhter Perspektive überblicken konnte. Die Trommeln waren hier leiser, der Wind trug die Schläge auf der anderen Seite ins Tal hinaus.

Um'hán stand neben der Administratorin, und Su ganz in ihrer Nähe. Sie blickten auf die Szenerie, von der hellen Sonne des Planeten beschienen, die noch jetzt, schon über dem Horizont, den Besuchern den Schweiß aus den Poren trieb und sie blendete.

„Die Fremden vom Himmel werden den Damm bauen, und das Land der Rak'há wird Wasser sein", sagte Um'hán. Der Betonung des Übersetzers war nicht genau zu entnehmen, ob es eine Frage war oder eine Feststellung.

„Und sie werden hier leben in den anderen Tälern."

„Ja", sagte die Administratorin. „Es ist so, wie wir es euch gesagt haben."

„Und wo werden die Rak'há leben?"

„Auch sie werden in den anderen Tälern leben. Sie werden sich neues Land suchen und neue Städte bauen. Wenn sie wollen, können sie mit uns leben."

„Und das Zentrum der Welt wird im Wasser untergehen."

„Ja", sagte Siang Hwao.

Um'hán sah sie nicht an, er stand da und blickte auf die Stadt.

„Und wenn die Rak'há den Damm zerstören und die Besucher des Himmels vertreiben?"

Erst jetzt merkte Su, daß die Besuchergruppe am Aussichtspunkt von Rak'há umschlossen war, viel mehr von ihnen, als noch in der Stadt dagewesen waren.

„Das ist nicht der Weg der Rak'há."

„Es ist der Weg der Legenden, die erzählen, daß die Rak'há die Gend'hón vernichteten, vor langer Zeit."

„Und so werden die Rak'há vernichtet werden, wenn sie den Weg der Legenden gehen. Wenn du mich und mein Gefolge jetzt töten läßt, wie du es in Erwägung ziehst, dann werden viele Schiffe kommen. Und kein Rak'há wird am Leben bleiben."

„Dann werden die Trommeln verstummen", sagte Um'hán.

Siang Hwao machte eine wegwerfende, herrische Bewegung mit der Hand, den Blick immer noch der Stadt zugewandt. „Die Trommeln werden auf jeden Fall verstummen", sagte sie.

„Dann laßt das Wasser nur so hoch steigen, daß das Zentrum der Welt nicht versinkt und eine Insel ist, wo die Bewahrer der Zeit die Trommeln schlagen können."

Die Administratorin atmete tief. Su sah im Zuge ihrer verstohlenden Blicke, daß ihr der Schweiß in Strömen von den Schläfen und hinab über Hals und Nacken lief.

„Die Wahrheit ist, daß wir nicht mit den Trommeln leben können. Wenn *wir* hier leben, dann müssen die Trommeln verstummen."

Um'hán stand neben ihr und ließ schweigend einige Sekunden vergehen. Niemand regte sich. Alles schien zu warten. Man konnte die Anspannung spüren.

„Erinnerst du dich", sagte die Administratorin, „als unser Schiff mit einem blauen Lichtstrahl die Flanke der Berge nahe des Damms zerstörte? Dieser Lichtstrahl kann eure Stadt zerstören und alle der neun Städte der Rak'há, die es noch gibt."

Um'hán stand starr. Da man nicht einmal sah, daß er atmete, sah er aus wie eine Statue, als habe er unbemerkt seine körperliche Hülle verlassen. Schließlich bebten die Flanken der beulenartigen Nasenregion und seine Augen verengten sich. Dann machte auch er eine schwungvolle Bewegung mit einem seiner dürren langen Arme.

„Der Tag war lang", sagte er. „Schon bald kommt die Dunkelheit. Wir bringen euch zurück zu eurem Schiff."

Die Wochen vergingen, während sich im Tal langsam das Wasser staute. Es dauerte Monate, bis Felder, Wege und Gebäude versanken, das Wasser die Mauern der Stadt überschritt und die Rak'há aus ihrer Heimat vertrieb. Sie zogen in die Nachbartäler, lebten dort verstreut in verschiedenen Siedlungen und in anderen der acht verbleibenden Städte. Immer wenn Su am Damm war und hinaufsah zu den Höhenzügen, standen sie dort aufgereiht und betrachteten das Geschehen. Während auf dem heiligen Hügel, der langsam im Wasser versank, die Bewahrer der Zeit die Trommeln schlugen.

Andere Schiffe kamen und brachten Kolonisten, und Städte und Stationen entstanden in den Tälern rund um den Stausee, und ein weiterer Damm wurde gebaut, in einem der Flußtäler weiter südlich.

Die Rak'há kamen nicht zu den Schiffen und mieden die Täler der Fremden. Es gab keine Begegnungen mehr, keine Delegationen.

Su und Talath sahen sich nicht mehr oft, sie arbeiteten in verschiedenen Bereichen, und schließlich flog Talath mit der „Wuhan" zurück zur Kristallwelt. Su wurde das Gefühl nicht los, daß die Administration die Dinge bewußt so gelenkt hatte. Auch Tao sah sie nicht oft, es gab neue Menschen in ihrem Umkreis, die Dinge waren ständig in Veränderung begriffen.

Jedermann war mit sich selbst beschäftigt, denn von der Erde kamen alarmierende Nachrichten. Ob man die Heimat überhaupt noch einmal wiedersehen würde? Vielleicht würde diese neue Welt für den Rest des Lebens das einzige Zuhause sein.

Eines Morgens, als Su in der Station erwachte, in der sie seit Wochen lebte, lag sie noch einige Minuten auf ihrem Lager und starrte in den halbdunklen Raum, den sie mit drei anderen Frauen bewohnte. Erst nach einer ganzen Weile richtete sie sich auf und horchte. Und wußte, was sie irritiert hatte, unterschwellig, irgendwo tief drinnen in ihrem Empfinden der Dinge, ohne daß es greifbar gewesen wäre.

Sie kleidete sich hastig an und lief durch eine der Passagen der Station hinaus ins Freie. Stand im immer noch ungewohnt grellen Morgenlicht, das noch vor Sonnenaufgang herrschte, und horchte mit zitternden Fingern und klopfendem Herzen.

Die Trommeln, die mehr als 10.000 Jahre lang ununterbrochen über die Höhenzüge und Täler geklungen waren, hatten aufgehört zu schlagen.

Besuch bei Stephen Crane

In Rye hatte er dem halben Ort Fragen gestellt, aber zu seiner grenzenlosen Überraschung wußte niemand etwas von dem Haus. Jeder sagte ihm, es gebe eine Ortschaft mit dem Namen Brede, aber von einem alten Landsitz wußte niemand etwas. Selbst auf regionalen Karten war kein Hinweis zu finden. Am Abend hatte er mehr denn je den Eindruck, als sei die ganze Geschichte nur Fiktion und er habe sich an der Nase herumführen lassen. Da war dieser verrückte Gedanke, alles sei am Ende nur erfunden. Aber er wußte, daß das nicht sein konnte.

Als er am folgenden Morgen die Buslinien erkundete, stellte er fest, daß es nicht einmal eine direkte Verbindung in die Ortschaft gab. Der Busfahrer erklärte ihm, die Linie gehe nur bis Broad Oak. Nach Brede seien es dann aber nur noch zwei Meilen. Von einem Haus dieses Namens wußte er nichts, und Marte richtete sich darauf ein, den restlichen Vormittag herumzufragen und auf gut Glück loszugehen. Doch als wenig später eine Frau einstieg, nannte der Fahrer ihr den Namen des Hauses und wies mit dem Daumen nach hinten. Die Frau betrachtete den Fremden mit dem Rucksack und den abgelaufenen Schuhen so unaufdringlich wie möglich und überlegte laut, eine ganze Weile, aber ohne Ergebnis. Mit einsetzender Belustigung beobachtete er, daß eine Mutter mit drei Kindern, die den Bus stürmten, ebenfalls zu Rate gezogen wurde. Auch sie wußte nichts.

„Warten Sie, bis die alte Mrs. Tiller einsteigt", sagte sie. „Die weiß es bestimmt."

Die anderen stimmten ihr zu.

„Tilly, ja die muß es wissen."

Marte bedankte sich artig für die bislang geleisteten Bemühungen und sah hoffnungsvoll dem Zusteigen der alten Dame entgegen. Drei Haltestellen später kam sie tatsächlich, und sie stieg erst gerade die Stufen hinauf, um ihre Fahrkarte zu lösen, als man sie schon von der ergebnislosen Suche in Kenntnis setzte.

„Brede House?" Sie schüttelte den Kopf. „Kenne ich nicht."

„Ich glaube, es heißt Brede Manor", sagte Marte. „Es muß ein großes und sehr altes Haus sein."

„Moment mal", sagte die Alte – sie hatte sich immer noch nicht gesetzt –, „ist das nicht südlich von Broad Oak? Heißt dieses Haus nicht Brede?"

„Bei Dragon Head? Ja, das könnte es sein!"

Man war sich jetzt sicher.

„Er muß noch vor Broad Oak nach links, nicht weit hinter dem Gasthaus".

„Am Ortseingang"

„Nein, früher. Am besten biegt er ein in die Stubb Lane. Von da aus sind es dann höchstens zwei, vielleicht drei Meilen."

Sie befanden, das sei ein weiter Weg zu Fuß. Danach machten sie sich einmütig Gedanken, weil der Bus dort nicht hielt, und fragten sich, ob der Fahrer überhaupt wußte, wo die Stubb Lane abzweigte.

Der Fahrer wußte es nicht. Er sei nicht von hier, hatte er schon Marte mitgeteilt. Es folgte eine lange Erklärung der Damen, bis der Fahrer die Stelle ausmachen konnte, und auf ihre Bitte hin, dort außerplanmäßig zu stoppen, versicherte er, das sei kein Problem. Marte saß da und sagte nichts. Er hatte auch keine Zeit dazu. Niemand fragte ihn, warum er so an diesem Haus interessiert war, und offenbar konnte sich auch niemand einen Grund denken. Er beließ es dabei.

Die Damen stiegen alle vorher aus, und er kam kaum dazu, sich noch einmal zu bedanken. Als der Bus an der Einmündung der Stubb Lane hielt, war er der letzte, der ihn verließ. Broad Oak konnte nicht mehr weit sein. Soviel er verstanden hatte, waren alle schon vorher zum Erdbeerpflücken ausgestiegen. Die Frauen hatten Körbe dabei.

Die Stubb Lane war eine schmale geteerte Straße durch ein Waldstück und in eine stille, abgelegene Welt der Vogelstimmen. Südengland zeigte sich schon wenige Meter von der Straße entfernt von seiner entzückendsten Seite. Marte trottete eine Weile die Straße hinunter, bis ein Schild mit der Aufschrift „Private Road" ihm zum erstenmal den Eindruck vermittelte, „verbotenes" Terrain zu beschreiten. Er entschied sich schicksalsergeben für eine der Abzweigungen, die fast geradeaus führte, mit dem üblichen Verdacht, so oder so die falsche gewählt zu haben, und als wenige Minuten später eine Einfahrt zu einem noch unsichtbaren Haus abging, beschloß er, dort einzudringen und nach dem richtigen Weg zu fragen, ehe er stundenlang vergebens über Sträßchen und Feldwege irrte.

Die breite, von Bäumen gesäumte Auffahrt nährte den Verdacht, daß er vielleicht schon unverhofft am Ziel war, aber was auftauchte, war bloß ein weißgestrichenes Landhaus, das nicht älter sein konnte als ein paar Jahrzehnte. Er konnte Enten und Hühner hören. Ein wenig erschrak er, als er an einem der riesigen, grünbemoosten Bäume plötzlich ein Gesicht entdeckte, die Skulptur eines Eingeborenenkopfes, ganz in der Art, wie man sie riesenhaft auf den Osterinseln findet.

Das war grotesk. Er hielt nicht mehr für ausgeschlossen, daß jemand ihn mit einer Flinte verjagen würde. Da hatte seine Phantasie bereits ein Jahrhundert übersprungen. Er erinnerte sich daran, daß er im Zeitalter der Alarmanlagen lebte.

Durch die Fenster wurde er so mißtrauisch beäugt, daß er hektisch eine Entschuldigung stammelte, als man ihm nach Betätigen des Türklopfers öffnete. Er suche den Weg nach Brede Manor, sagte er. Es müsse hier ganz in der Nähe sein.

„Brede Place", verbesserte ihn die ältere Dame. „Bis dahin ist es noch ein ganzes Stück. Sie sind zu Fuß? Lieber Gott!"

Er sah einen mühsamen Weg von zehn Meilen vor sich.

Sie informierte ihn, daß das Haus privat sei. Ob er den Besitzer kenne, einen Mr … Mr … – sie kam nicht auf den Namen.

„Ich kenne dort niemanden", sagte Marte. „Ich wollte das Haus bloß sehen. Vor hundert Jahren hat ein amerikanischer Autor dort gelebt."

„Stephen Crane", sagte sie.

Es war wie eine Erlösung, daß irgend jemand überhaupt wußte, wovon er sprach.

„Stephen Crane, ja."

„Es ist alles längst privat", sagte die Frau skeptisch. „Ich bezweifle, daß Sie dort hineinkönnen. Versuchen Sie ihr Glück." Und sie beschrieb ihm den Weg.

Natürlich war es die andere Abzweigung gewesen.

Er folgte mit seinem Rucksack der Straße und richtete sich seelisch auf einen langen Marsch ein, als auch schon eine Abzweigung mit zwei alten Torpfeilern auftauchte.

„Brede Place. No longer open to the public" stand auf einem Schild.

Daß Besucher hier nicht erwünscht waren, hatte er jetzt begriffen. Aber er war nicht so weit gereist, um sich ohne weiteres zum Umkehren bewegen zu lassen. Also folgte er dieser Abzweigung bergab, den Blick auf eine traumhafte Landschaft aus Wiesen, Feldern und Wald, aus der nichts als vereinzelte Tierstimmen drangen. Als er vor der Auffahrt stand, wo vor beinahe hundert Jahren die Kadaver von Schafen in den Bäumen gehangen hatten, lagen statt dem befürchteten Gewaltmarsch nicht mehr als zwei Kilometer hinter ihm. Noch einmal las er, daß der Besitz nicht mehr öffentlich zugänglich war – wie er es offenbar in früheren Zeiten gewesen war –, und machte sich tapfer auf den Weg. In seinem Kopf erstand eine fesselnde Ansprache an den erbosten Besitzer, von einer langen, mühsamen Reise, nur um das Haus zu sehen, in dem Stephen Crane gelebt hatte, bis kurz vor seinem Tod. Im stillen wünschte er sich, daß niemand zu Hause wäre und er ungehindert auf dem Gelände herumschnüffeln konnte, so lange es ihm gefiel – ein Wunsch, der zerplatzte, als das Geräusch einer Motorsäge aus der Richtung erklang, in der er zwischen den Bäumen schon das imposante Gebäude sehen konnte.

Was er für den Besitzer hielt, der bei seinem Auftauchen einen fahrbaren Rasenmäher stillegte, war nur der Gärtner, und der entpuppte sich als äußerst freundlich.

„Sehen Sie sich das Haus von außen ruhig an", sagte er. „Nur hinein können Sie nicht. Wir sind gerade mitten in den Umbauten. Wußten Sie, daß es ein großes Feuer gegeben hat? Das ganze Innere wurde zerstört. Ein schreckliches Feuer. Muß etwa zwanzig Jahre her sein. 1979 war's, glaube ich. Seitdem stand das Gebäude leer und war dem Verfall preisgegeben. Bis es vor kurzem jemand kaufte, um es instand zu setzen. Innen drin muß alles ganz erneuert werden."

Marte wußte nicht, ob es ihn entmutigen oder mit Hoffnung erfüllen sollte, daß die Begegnung mit dem Besitzer ihm noch bevorstand. Ob es nicht doch eine Möglichkeit gebe, wenigstens einmal einen Blick hineinzuwerfen, fragte er. Der Mann mit den blonden Haaren und dem leicht rötlichen Bart betrachtete ihn, einen Kerl in Jeans und Mokassins, anscheinend Mitte Dreißig, mit einem schweren Packen auf dem Rücken, sichtlich schwitzend. „Wissen Sie, was", sagte er, „kommen Sie mit. Wir werden das schon hinkriegen."

Ohne weiter Fragen zu stellen, nahm er seine Erklärungen wieder auf, während sie auf das Haus zugingen. Es lag traumhaft schön zwischen den Bäumen, auf der Rückseite von einem geräumigen Garten und vorne von einer Wiese umgeben, die den Blick auf die herrliche Landschaft freigab. „Dieser Teil hier vorne ist ganz neu angebaut. Sie interessieren sich wahrscheinlich nur für den historischen Teil." Er öffnete die Tür auf dieser Seite und rief hinein. „John!"

Jemand hörte drinnen auf zu sägen oder zu schleifen und kam eine behelfsmäßige Holztreppe herunter, ein Mann von vielleicht Anfang oder Mitte Vierzig mit etwas zerknautschtem Gesicht und staubigen Sachen. Da Marte ihn für den Besitzer hielt, erklärte er ihm genauer, warum er es gewagt hatte, hier einzudringen und dann auch noch bei der Arbeit zu stören. Er sei eigens hergekommen, um das Haus zu sehen, in dem vor beinahe hundert Jahren Stephen Crane gelebt hatte, und hoffe auf eine Möglichkeit, es zu besichtigen.

John war überrascht und auf diese Störung überhaupt nicht gefaßt. Von draußen sagte er, sei es kein Problem, aber von drinnen ... Das sei so eine Sache. Die Umbauten seien in vollem Gange, und alles sei noch wie Kraut und Rüben.

Marte spürte, daß er noch irgend etwas sagen mußte. „Ich sammle Material für einen Artikel. Ich bin Journalist."

Es klang hoffentlich wichtig genug, und es war sogar die Wahrheit.

John sah eher verwirrt aus. So als könnte er das zuletzt Gesagte am wenigsten begreifen.

Marte stand da und versuchte ein möglichst verzweifeltes Gesicht zu machen.

„Vielleicht lassen wir ihn einfach mal einen Blick reinwerfen", sagte der Gärtner.

Zu Martes Erleichterung war John einverstanden und machte ein Zeichen, ihm zu folgen.

Das Feuer hatte den gesamten inneren Aufbau im vorderen Teil in Mitleidenschaft gezogen. Die Böden für die Obergeschosse und die Treppen waren gerade erst neu eingezogen worden, alles war noch nackt, Preßholzplatten und Metallstützen schimmerten durch, Kabel hingen herunter. Nach Fertigstellung würde sich oben wieder eine ganze Reihe von Zimmern befinden. Sie gingen auf einen imposanten Kamin in einer roten Backsteinmauer zu, daneben fanden sich rechts und links Türen aus massivem Holz, noch unbehandelt, offenbar gerade erst eingebaut. John öffnete die linke, indem er einen hölzernen Riegel hochschob. Dahinter lag die riesige Halle, bis zum Dach ein einziger großer Raum, mit einem mächtigen Tisch in der Mitte. Er wirkte wie eine Ritterhalle. An den beiden Enden befanden sich, wie im vorderen Teil, zwei riesige backsteingemauerte Kamine, in denen man halbe Baumstücke hätte verbrennen können, und Marte wußte, daß diese Kamine auch vor fast hundert Jahren gebrannt hatten, auch in der gespenstischen Nacht, als draußen der Schneesturm tobte und drinnen die Gesellschaft illustrer Gäste im Schein von Wandfackeln getanzt und getrunken hatte, bis der Gastgeber zusammenbrach, den Mund voll Blut.

„Man hat sie rekonstruiert", erklärte John. „Die Halle sieht jetzt wieder genauso aus wie früher."

Marte konnte den Blick nicht von den Kaminen wenden. Vor langer Zeit waren sie die einzige Wärmequelle gewesen, in für diese Region untypisch kalten Winternächten. Worauf er jetzt stand, das war der Steinboden, der früher einmal binsenbestreut gewesen war. Er versuchte sich vorzustellen, wie ein junger Mann mit gefesselten Händen und Füßen darauf herumrobbte. Eine groteske Vorstellung. Und doch war genau das hier passiert.

„War eine verdammte Arbeit, das wieder so hinzubekommen", sagte John und riß ihn aus seinen Phantasien. „Man mußte zwei Millionen reinstecken."

Zwei Millionen Pfund! Marte rechnete. Crane hatte damals im wesentlichen von Vorschüssen seiner Verleger und der Unterstützung seiner Freunde gelebt. Henry James war in diesem Haus gewesen, H. G. Wells, Ford Madox Ford und Joseph Conrad.

Crane war siebenundzwanzig, als er das Haus zum erstenmal sah. Das war im Januar 1899. Stephen und Cora kamen damals in der Abenddämmerung von Hastings her die Auffahrt hinauf. Cora hatte den Eingang mit Rosen bepflanzt, um ihrem Mann den Anblick noch schmackhafter zu machen, doch in der einfallenden Dunkelheit kamen sie kaum zur Geltung.

Ihre Sorgen waren unbegründet gewesen: Crane gefiel das Haus sofort; er wandelte in der imposanten Halle umher und fühlte sich wie ein englischer Adliger, ein großer, verspielter Junge, mit dem immer die Phantasie durchging. Das Haus gehörte damals einem Mann namens Moreton Frewen, der es einige Zeit in einem eher desolaten Zustand belassen hatte, und er hatte es Cora für eine lächerlich geringe Miete angeboten, unter der Auflage, daß die Instandsetzungsarbeiten während der Nutzung weiter vorangetrieben wurden. Obwohl Cora damals genau wußte, daß für solche Dinge kein Geld aufzutreiben war, versprach sie alles, um „Brede" zu bekommen. Sie liebte es, in großen Häusern und über ihre Verhältnisse zu leben.

Niemand konnte je einwandfrei klären, ob die beiden verheiratet waren oder nicht. Vermutlich nicht. Die ehemalige Bordellbesitzerin mit dem freundlichen, einnehmenden Wesen galt jedenfalls als Cranes Frau und wurde auch von allen so behandelt. Sie hatten sich in Florida kennengelernt, im November 1896, als Crane gerade im Begriff stand, als Kriegsberichterstatter nach Kuba zu gehen. Die Vereinigten Staaten hatten ihre Hände tief in den Auseinandersetzungen um den Freiheitskampf der Insel, und ein Heer von Korrespondenten machte sich damals auf den Weg zu den Kriegsschauplätzen. Man lauerte auf ein geeignetes Schiff und trieb sich einstweilen in den Bars und Spielsalons von Jacksonville herum. In einem Etablissement namens „Hotel de Dream" begegnete er Cora, einer bereits zweimal geschiedenen Frau von zweifelhaftem Ruf, aber sie war die blonde Frau, die er schon immer hatte heiraten wollen, eine hübsche und sehr weibliche Person, die andererseits keine Strapazen und Abenteuer scheute und später selbst als Kriegsberichterstatterin an Cranes Seite im griechisch-türkischen Krieg auftrat.

Zum Jahreswechsel 1896/97 war Crane als Matrose an Bord der „Commodore" auf dem Weg nach Kuba, in den

Augen der Seeleute auf den ersten Blick eher ein Hänfling, ein mittelgroßer Mann mit dunkelblonden Haaren und Schnurrbart, der alles andere als stämmig oder robust wirkte. Sie waren überrascht, wie er zupacken konnte und sich auf See bewährte.

Viel Zeit hatte er dazu allerdings nicht: Noch vor der Küste von Florida sank das Schiff und ließ der Besatzung nur den Weg in die Rettungsboote. In einem von ihnen überstand Crane mit dem Kapitän, dem Maschinisten und dem Schiffskoch eine bitterkalte Nacht und den dramatischen Versuch, an der Küste zu landen. In der mächtigen Brandung kam der Maschinist ums Leben, die anderen überlebten verletzt oder völlig entkräftet.

Die Episode bedeutete für den jungen Autor die endgültige Zerrüttung seiner ohnehin von jeher angegriffenen Gesundheit und eine literarische Sternstunde. In der Erzählung „Das offene Boot" ist das Erlebnis rekapituliert – für viele Literaturhistoriker seitdem ein Meilenstein der amerikanischen Literatur.

Crane gelangte später dennoch nach Kuba, und er zog gemeinsam mit den Truppen an die Schauplätze von Verwundung, Tod und Cholera, immer mit an der Spitze, immer unmittelbar am Geschehen, bald von Fieber geschüttelt, von Durchfällen entkräftet. Ständige Angst vor plötzlichen Angriffen, stundenlange, nervenzehrende Kämpfe in der Hitze, Gewaltmärsche durch die gebirgige, wilde Landschaft, in der nur Pfade existierten, der Anblick von Sterbenden und Toten: er forderte sich bis an die Grenzen, folgte den Truppen ohne Rücksicht auf seine eigene Verfassung, versorgte Verwundete, brachte den Kämpfenden Wasser und schrieb inmitten des Geschützlärms seine Berichte an die „New York World". Eine Zigarette zwischen den Lippen, trottete er ungerührt durch den Kugelhagel – einer seiner berühmtesten und legendenumwobenen Momente. Beobachter sagten, er ging umher wie in Trance, begab sich ohne jede Eile in Deckung. Todesverachtung, Tollkühnheit oder Lebensmüdigkeit? Man war sich unschlüssig. Kritiker fanden, seine Kriegsberichte gehörten zu den allerbesten. Es gab auch kaum jemanden, der den Krieg als Beobachter so hautnah miterlebt hatte.

Als die großen Schlachten vorüber waren und das Heer der Korrespondenten den Rückzug antrat, suchte Crane fieberhaft nach einer Möglichkeit, die Dinge in die Länge zu ziehen, wochenlang auf der Suche nach neuen Kriegsschauplätzen, bis er in Havanna von der Bildfläche verschwand, für Verwandte und Freunde nicht auffindbar, die das Schlimmste befürchten mußten. In den heimatlichen Zeitungen sorgte sein Verschwinden für Schlagzeilen. Doch statt verwundet in einem Hospital dahinzusiechen oder irgendwo verscharrt in der Erde eines jungen Staates zu liegen, trieb sich der Gesuchte in den Spielhöllen der Stadt herum.

Als Tabakhändler getarnt, war er zurück nach Kuba gekommen. Havanna erschien ihm als ein himmlischer Aufenthaltsort: nur mäßig zivilisiert, wie es seinem Naturell entsprach, eine Stadt im Wandel, voller Gegensätze, am Rande des Chaos, schmutzig, in Agonie vor einem planlosen Neubeginn. Crane verkehrte mit den Gaunern und Abenteurern in den Spelunken der Stadt, wie er es immer und überall getan hatte. An einen Bekannten hatte er einmal geschrieben: *„Ich kann nicht dagegen an zu verschwinden, unterzutauchen und mich in Nichts aufzulösen."*

Im zwischenzeitlich bezogenen Haus in Südengland saß Cora Woche um Woche allein. Es war noch nicht „Brede", sondern „Ravensbrook", unweit der Ortschaft Oxted, südlich von London, ein eher feudaler Wohnsitz, trotz der prekären finanziellen Situation, in der sich das Paar mittlerweile befand. Ein aufwendiges Leben voller Reisen, Partys und Besuche von Freunden und Bekannten, die sich manchmal für Wochen im vermeintlichen Paradies einnisteten, war immer mehr zur Belastung geworden. Gläubiger klopften regelmäßig an die Türen. Man mußte nicht nur für sich selbst, sondern auch für die Gäste und für die Familie des sterbenden Freundes und Kollegen Harold Frederic sorgen. George Bernard Shaw und Henry James gaben finanziellen Beistand, auch Joseph Conrad, der selbst, noch fern von literarischem Ruhm, mit den Schulden kämpfte. Conrad tat alles, um die Gläubiger von „Ravensbrook" fernzuhalten, organisierte Vorschüsse auf Cranes zukünftiges Werk, verpfändete Cranes Hausrat, bot eine persönliche Bürgschaft als Sicherheit. Er versuchte Crane in Havanna zu kontaktieren und bot ihm an, die Reisekosten nach England zu übernehmen.

Widerwillig machte sich Crane im November 1898 auf den Weg zurück – zunächst in die Heimat, nach New York. Lieber als nach England wäre er nach Texas gegangen. Er schrieb seiner Frau, sie solle alles hinter sich lassen und nach Amerika kommen, seine Frau schrieb ihm, er solle nach England kommen. Sie habe ein neues Haus gefunden, einen traumhaften alten englischen Landsitz, den sie zu einem Spottpreis mieten könnten, und beschrieb „Brede" in den höchsten Tönen. Das Haus lag nur sieben Meilen entfernt von Rye, wo Henry James lebte, und auch die Domizile von Joseph Conrad und H. G. Wells lagen näher als zuvor.

Crane kam Mitte Januar nach „Ravensbrook", einen Monat später erfolgte der Umzug, nach einem Spießrutenlaufen angesichts der anrückenden Gläubiger. Mit der Miete war man mittlerweile ein Jahr im Rückstand. Metzger, Milchmann und Gemüsehändler klopften an die Tür. Drinnen verhielt sich Crane mäuschenstill. Einmal hatte er sogar Ford Madox Ford, den Kritiker und Schriftstellerkollegen, für den Gerichtsvollzieher gehalten und wollte die Tür nicht öffnen.

Die befreundeten Autoren sahen das literarische Genie und die sich anbahnende Katastrophe, wollten helfen. Sie sahen einen jungen Mann, der im Alter von 27 Jahren den Zenit seines literarischen Ruhms offenbar bereits überschritten hatte. Crane war noch als Jugendlicher Journalist geworden, hatte mit Protektion seines Bruders Townley für amerikanische Zeitungen geschrieben und manchmal auch Storys frei erfunden, wenn es nichts zu berichten gab. Er hatte in den New Yorker Elendsvierteln gelebt und die Menschen am unteren Rand der Gesellschaft kennengelernt und studiert. Seinen ersten Kurzroman, „Maggie, das Straßenmädchen", hatte allein aufgrund des provokanten Titels niemand drucken wollen, und einer Fortsetzung unter dem Titel „Georges Mutter" war ebenso wenig Glück beschieden. „Maggie" ließ er unter dem Pseudonym „Johnston Smith" auf eigene Kosten drucken, und an die tausend Exemplare stapelten sich in seinem schäbigen Zimmer, wo sie schließlich zum Anzünden des Kaminfeuers Verwendung fanden. Er war durch das Land gereist, in den Westen, nach Mexiko, und hatte seinen Roman „Die rote Tapferkeitsmedaille" geschrieben, die Geschichte des jungen Henry Fleming, der im amerikanischen Bürgerkrieg in seiner ersten

Schlacht fahnenflüchtig wird, den die Schrecken des Krieges mit all seiner Häßlichkeit dann jedoch zu einem vorbildlichen Kämpfer werden lassen. Es war das Buch, das ihn beinahe über Nacht berühmt machte, die literarische Welt aufhorchen ließ. Und es war weniger die Handlung, die für Erstaunen sorgte, als vielmehr die Art der Beschreibung. Der Krieg erstand vor den Augen des Lesers in erschreckend realistischen, beklemmenden Bildern. Auch die beiden ersten kurzen Romane erschienen nun mit einigem Erfolg, Kurzgeschichten folgten, „Das blaue Hotel", „Die Braut kommt nach Yellow Sky", ohne die Hemingway nie geworden wäre, was er war. Dann wurde er in den Boulevardblättern in Skandalgeschichten zerrissen, geriet mit der New Yorker Polizei in Konflikt, weil er für ein zweifelhaftes Mädchen vor Gericht ging und aussagte, flüchtete vor dem grassierenden Klatsch und den Schlagzeilen, wurde Kriegsberichterstatter, und begann einem Ruhm hinterherzulaufen, der schnell im Schwinden begriffen war, schrieb für Geld, um Schulden zu begleichen – auch Spielschulden –, um einen zu aufwendigen Lebensstil zu finanzieren, um Coras Wunsch nach einem feudalen Leben zu befriedigen. Er fütterte Freunde und Bekannte durch, unterstützte die in Not Geratenen, auch seinen Freund Harold Frederic, dessen literarischer Ruhm noch brüchiger war als sein eigener.

Er kam nach „Brede", verarmt, krank, ohne zündende Ideen für neue Geschichten, ohne Zeit und Ruhe, sie überhaupt zu verwirklichen. Seinen desolaten gesundheitlichen Zustand verbarg er geflissentlich vor Cora und den Freunden. Einem seiner Besucher schrieb er eine bissige Notiz. *„Seien Sie bitte so nett und halten Sie in Zukunft in Mrs. Cranes Anwesenheit den Mund über meine Gesundheit. Sie kann nichts für mich tun, und ich bin zu alt, bemuttert zu werden. Mit mir ist alles entschieden, aber ich möchte sie nicht ängstigen. Aus unverständlichen weiblichen Beweggründen liegt ihr etwas an mir. Denken Sie daran."*

In „Brede" setzte sich fort, was in „Ravensbrook" begonnen hatte. „Freunde" kamen und belagerten den Hausstand für Tage, Wochen und manchmal für Monate. Es war ein nicht enden wollendes Fest mit mehr oder weniger geliebten Menschen, die unfähig waren, erfolgreich eine eigene Existenz zu führen. Eine Freundin Coras, Mrs. Ruedy, wohnte mit ihnen in „Brede", Cranes Nichte Helen, die drei illegitimen Kinder des verstorbenen Harold Frederic mit ihrer Gouvernante; Edith Richie Jones, eine Freundin, und eine Unzahl literarischer *bohemians* aus London gaben sich die Ehre. Zum Haus gehörten ein alter Butler, ein Kutscher, ein Diener, zwei Dienstmädchen und eine Köchin, die gewöhnlich betrunken war und nur durch eine weitere Flasche dazu zu bewegen war, ihren Dienst in der Küche für die wechselnd große Schar wieder aufzunehmen. Da waren Cranes geliebte Pferde, die zahlreichen Hunde, die überall herumliefen. Er sandte Geschichten an seine Verleger, hastig hingeschrieben und ebenso hastig für die Post fertiggemacht. Früher hatte es manchmal Monate gedauert, bis eine Story ihre endgültige Fassung erhielt. Jetzt war keine Zeit mehr, an dem Geschriebenen herumzufeilen. Crane zählte die geschriebenen Wörter und rechnete sie um in Pfund- und Dollarbeträge.

„Brede" war in jeder Hinsicht ein Stück englische Geschichte. Es gab weder Gas noch Elektrizität noch fließendes Wasser. In jedem Raum befand sich ein Kamin, und der Verbrauch an Brennholz für Küche und Heizung war so immens, daß sich bald auch beim Holzhändler ein Schuldenberg türmte. Auch Toiletten fehlten, und stilgerecht erleuchteten Kerzen und Öllampen das imposante Gemäuer. Die unterirdischen Kellergewölbe verzweigten sich unüberschaubar in kaum erforschten Gängen, die möglicherweise einst oder immer noch bis in den nahen Ort reichten. Nicht nur dort war es feucht und kalt: das ganze Haus war zugig und klamm, alles andere als ein geeigneter Aufenthaltsort für einen Tuberkulosekranken, so schön es von außen – und so eindrucksvoll es von innen – wirkte. Einer der Besucher, der Schriftsteller A. E. W. Mason, wäre, als er nachts eine Tür des ihm zugewiesenen Zimmers öffnete, beinahe zehn Meter in die Tiefe gestürzt, in jenen verfallenen Trakt, der früher eine Kapelle gewesen war. Den Rest der Nacht teilte er den Raum mit Fledermäusen, die sich an den Deckenvorsprüngen aufhängten. Die Bediensteten – bis auf den Butler und die Köchin – weigerten sich ohnehin, an diesem Ort zu übernachten. Angeblich trieb in Teilen des Hauses der Geist von Sir Goddard Oxenbridge sein Unwesen, einem ehemaligen Besitzer, der im 16. Jahrhundert das Anwesen bewohnt hatte. Unerklärliche Geräusche wurden ihm zugeschrieben. Der Legende nach war er ein Unmensch, der Kinder verspeist hatte und in zwei Teile zersägt umherspukte. Robert Barr, Londoner Korrespondent der „Detroit Free Press" und Gast in „Brede", erlebte eines Nachts das Phänomen polternd vor seiner Tür, die er daraufhin gewissenhaft verbarrikadierte.

Marte war bei seinen Studien nie den Verdacht losgeworden, daß Crane selbst in jener Nacht vor der Tür gepoltert hatte, um seinen Freund zu erschrecken. Es sah ihm ähnlich. Er war oft zu Unsinn aufgelegt und schockierte gerne seine Freunde, jeden nach Maß. Dem steifen und korrekten Henry James begegnete er mit Vorliebe in Reithosen, Wickelgamaschen und Flanellhemden, die ihn schon bei ihrem ersten Zusammentreffen so aufgebracht hatten. Ford Madox Ford, durch und durch Brite, imponierte er mit einer Pose der Lässigkeit, die Füße auf dem Tisch, in den Händen einen gewaltigen Colt, den er um den Finger kreisen ließ und mit dessen Kolben er zuweilen Fliegen erschlug. In Gesellschaften liebte er diese Posse und spielte den waschechten Westerner, und wenn er gut gelaunt war, imitierte er den betrunkenen Scratchy Wilson aus seiner Western-Erzählung „Die Braut kommt nach Yellow Sky". In Reithosen stolzierte er als vollendeter Anachronismus vor der fürstlichen Kulisse des Hauses, und man gab ihm den Namen „Baron Brede".

Die Halle war jetzt ganz still und wirkte fürstlich und ehrfurchteinflößend. Ein großer Tisch mußte hier auch damals gestanden haben, denn wo hätten die vielen Personen ihre Mahlzeit einnehmen sollen? Die Fenster in den Erkern, erklärte John, seien noch so wie früher – ganz sicher war er nicht –, jedenfalls hatte man die hohen Zwischenfenster im Kirchenstil nachträglich eingebaut, und Marte versuchte sie sich wegzudenken.

„Wie das hier aussah!" sagte John. Marte fand es rührend, wie stolz er auf seine Arbeit war und wie er ganz in seinem Beruf und in seiner kleinen Welt aufging. Und wie freundlich er war. Mittlerweile hatte er endgültig begriffen, daß auch das nicht der Besitzer war. John war nur ein Handwerker, und die feinen Umgangsformen gingen ihm deutlich ab, aber mit seiner natürlichen Offenheit und Hilfsbereitschaft nahm er den Fremden ganz für sich ein.

John ließ ihn sich in Ruhe umsehen und führte ihn dann weiter durch eine Tür in den hinteren, abschließenden Teil des Hauses, jenseits der Halle. „Hier ist noch alles ziemlich verwüstet", sagte er. „Aber dieser Teil ist wohl schon seit langer Zeit verfallen."

Hoch oben an den Wänden sah man die Spuren einstiger eingezogener Stockwerke. Eine eiserne Wendeltreppe führte hinauf zur nächsten Ebene, aber jenseits einer kleinen steinernen Fläche gähnte der Abgrund.

„Das war mal eine Kapelle", sagte John.

Hier also war Masons Zimmer gewesen, irgendwo dort oben, als es dort noch Zimmer gab, und der Abgrund jenseits der Tür, in den er beinahe gestürzt wäre, das war dieser hohe Raum, die alte Kapelle. An der Wand waren die bisherigen Besitzer eingemeißelt. Auch die Familie Frewen war aufgeführt. John musterte skeptisch die Tafel und suchte vergeblich nach Cranes Namen.

„Er hat das Haus bloß gemietet", erklärte Marte. „Das war im Januar 1899. Insgesamt hat er nicht länger hier gelebt als anderthalb Jahre."

John fand, es sei Zeit, die Karten aufzudecken.

„Wer zum Teufel war denn dieser Stephen Crane?"

Marte mußte sich ein Lachen verkneifen. Bisher hatte der Mann sich wohl gefragt, ob man sich als vollendeten Barbaren hinstellte, wenn man zugab, noch nie etwas von Crane gehört zu haben.

„Er war ein amerikanischer Schriftsteller, der damals, kurz vor seinem Tod, in England lebte. In der Nähe lebten viele andere Schriftsteller, die später zum Teil sehr berühmt geworden sind: Henry James, H. G. Wells, Joseph Conrad."

Johns Gesicht verriet ihm, daß er von keinem von ihnen je auch nur gehört hatte.

„Sie trafen sich oft hier, besuchten sich gegenseitig, feierten zusammen. Dieses Haus war mal ein Treffpunkt für Künstler oder solche, die es werden wollten. In der Nachbarschaft grassierten üble Gerüchte. Man bezeichnete die Feste als Orgien und malte sich aus, wie es dort zuging."

Was konnte man schließlich erwarten von einer Gesellschaft, in der sich bettelarme Künstler, Trunkenbolde, Kinder aus bigamistischen Verhältnissen und eine versoffene Köchin aufhielten, wo man die Verstrickung der Beziehungen nur ungenügend zu entwirren imstande war, wo

Männer der Dame des Hauses den Hof machten, während der Hausherr wieder einmal unauffindbar war? War es vielleicht normal, daß Mr. Crane für Tage verschwand, während der Rest der Gesellschaft rauschende Partys feierte? Bereits in „Ravensbrook" hatte sich Crane angesichts der Belagerung durch die Gäste entschlossen, für einige Tage in ein Hotel zu ziehen, um ungestört schreiben zu können. Seinerzeit schrieb er an James Pinker, seinen Londoner Literaturagenten: *„Wenn du einigen dieser Parasiten nicht klarmachst, daß Cora und ich kein Hotel betreiben, muß ich es in der 'Times' bekanntgeben."*

Auch in Brede schrieb Crane im wahrsten Sinne des Wortes um seine Existenz. Wenn es die Besucher nicht gänzlich unmöglich machten, zog er sich in sein Arbeitszimmer zurück, dessen Wände unter anderem eine mexikanische Pferdedecke und silberne Sporen schmückten, die er von seiner Reise in den Westen mitgebracht hatte. Oft schrieb er die ganze Nacht, wenn endlich im Haus Ruhe herrschte, und dann fand sein gewohnheitsmäßiger Ritt vor dem Frühstück erst gegen Mittag statt. Seine beiden Schimmel „Hengist" und „Horsa" waren für ihn so etwas wie Familienmitglieder.

Er arbeitete an den Whilomville-Storys, deren Motive in seine Jugendzeit zurückreichten, und beendete seinen Roman „Active Service", in dem er Erfahrungen als Korrespondent im griechisch-türkischen Krieg verarbeitete. Sein merkwürdig nüchterner und gleichzeitig so lebendiger Stil, seine Beschreibungsweise voller farblicher Attribute und skurriler Vergleiche waren längst einem streckenweise wässerigen, dahinplätscherndem Erzählton gewichen. Wenn die literarischen Größen der Zeit solch immensen Erfolg hatten, dann mußte er nur Geschichten und Romane schreiben in der Art, wie sie es taten! Was er brauchte, war ein Bestseller, um alle seine finanziellen Probleme mit einem Schlag zu lösen. Die Zutaten waren Liebe und Abenteuer, und immerhin kannte er die Schauplätze aus eigener Erfahrung. Robert Louis Stevenson, der Autor der „Schatzinsel" und der Geschichte von „Dr. Jekyll und Mr. Hyde", wurde auch einige Jahre nach seinem Tod noch immer euphorisch gefeiert. Er würde einen Roman schreiben wie Stevenson, eine Persiflage, einen Abenteuerroman, und der Held sollte O'Ruddy heißen.

„Die rote Tapferkeitsmedaille", sein Erfolgsroman aus dem Jahre 1895, hatte sich immerhin 50 000 Mal verkauft. Sein über den Ozean schwappender Ruhm hatte ihn hierher nach England gebracht. Er wollte noch einmal einen Kriegsroman schreiben, mit einer Handlung auf dem Hintergrund des amerikanischen Unabhängigkeitskrieges, um damit den Erfolg zu wiederholen. Es war ein ehrgeiziges Projekt, aber es sollte über einige Seiten nie hinauskommen. In den Boulevardblättern war er immer noch für Skandalgeschichten gut, und ganz besonders in der Umgebung von „Brede". Dem Vernehmen nach war er rauschgiftsüchtig, dem Opium verfallen, er war ein Trinker, der sich in rauschhaften Orgien auslebte. Immer hatte er die Pose des „Westerners" geliebt, rauchend und mit einem Glas Whisky in der Hand, doch genaue Beobachter entdeckten, daß er manchmal den ganzen Abend an einem Glas nippte und selten Wirkungen des Alkohols erkennen ließ. Er hatte sich einen großen Teil seines Lebens in zwielichtigen Regionen der Gesellschaft herumgetrieben, hatte mit den Armen, den Kriminellen und den Huren verkehrt. Er hatte es gewagt, einem leichten Mädchen vor Gericht mit dem Gebaren eines Gentleman beizustehen wie einer Lady, und damit den Zorn des New Yorker Polizeichefs Theodore Roosevelt auf sich geladen, der später Präsident wurde. Er hatte sich in Spielhöllen herumgetrieben und eine halbzivilisierte Welt der zivilisierten vorgezogen. Was konnte er erwarten?

Er fühlte sich müde, auch wenn er versuchte, es nicht zu zeigen, und seine Täuschung aufrecht erhielt, aber im September 1899 dachte er zum erstenmal daran, im Schwarzwald Erholung zu suchen. Finanziell schien das unmöglich. Die Sorgen drückten zunehmend, Momente ausgelassener Heiterkeit wurden seltener: Hausmusik eines Kammblasorchesters, vom Hausherrn dirigiert, erheiterte angeblich sogar Henry James. Glücklich war er nur noch mit seinen Pferden, seinen Hunden, und mit Kindern. Joseph Conrad brachte seinen kleinen Sohn Borys mit und sah zu, wie Crane mit Borys spielte, ihm einen der jungen Hunde schenkte, ihn mit auf sein Pferd nahm und stolz umherritt. „Der Junge muß reiten lernen", sagte er. Conrad bezeugte, er habe ihn nie so glücklich gesehen.

Es kamen noch einmal einige glückliche Tage. Am 23. August wurde im nahen Dorf ein Basar veranstaltet, und

Fotografien vermitteln ein vielleicht trügerisches Bild: die Cranes an einem sonnigen Tag inmitten adrett gekleideter Damen und herausgeputzter Kinder, in einem idyllischen Garten, Cora in einem entzückenden Kleid, Henry James mit einem seiner geliebten *doughnuts*, Cora mit Stephen, in einem weißen Strohhut und weißer Hose, die Hände in den Taschen, die Andeutung eines Lächelns mehr im ganzen Gesicht als auf den Lippen, ein Gesicht, das von den Augen lebt, Augen voller Neugier und Energie, in denen sich die ganze Lebendigkeit eines Mannes konzentriert, dessen Zeit unaufhaltsam abläuft. Cora hatte einen der Verkaufsstände, ihre Freundin Edith betätigte sich, wie eine Zigeunerin gekleidet, als Wahrsagerin, und Crane trug die verkauften Topfpflanzen zu den wartenden Wagen. Die Fotos machte George Lynch, eine alter Freund aus Reportertagen, für einen Sixpence.

Im September begleitete Crane seine Nichte Helen ins Internat nach Lausanne – und borgte sich zum Abschied 30 Franken für den Weg nach Paris, wo er Cora treffen sollte. Sie sonnten sich einige Tage im Pariser Leben und schrieben ihren Hunden Postkarten. Dann verbannten Anfälle von Malaria Crane ins Hotelzimmer. Dort schrieb er fieberhaft, in doppeltem Sinne. Es war die einzige Möglichkeit, Geld zu verdienen.

In diesem Haus hatte es wieder und wieder gebrannt. Lastete so etwas wie ein Feuerfluch auf diesen Mauern? Auch Crane hatte damals zwei Brände erlebt, in der Zeit, als er „Brede" bewohnte. Der erste war unbedeutend, aber der zweite hätte fatal ausgehen können, was Crane dem Besitzer geflissentlich verschwieg.

Crane hatte daraufhin einen Alptraum: In einem Theaterstück spielte er die Rolle eines Gefangenen in Fesseln, und als ein Feuer ausbrach, flohen alle Schauspieler in Panik, ohne ihn vorher zu befreien, so daß er als einziger zurückblieb.

Was wäre geschehen, wenn dies nicht Traum, sondern Wirklichkeit gewesen wäre? Diese Frage hörte nicht auf ihn zu beschäftigen. Also ließ er sich von Cora und Edith an Händen und Füßen fesseln und robbte so mühsam eine festgesetzte Strecke über den binsenbestreuten Boden, um zu sehen, wie lange er brauchen würde und ob er im Falle eines Brandes eine Chance hätte, dem Feuer zu entkommen. Es war eine Verrücktheit, die die ganze Lebenshaltung Cranes widerspiegelte, in einer Mischung aus Neugier, Verspieltheit und Faszination von Gefahr.

Marte stapfte durch den Garten, in dem damals die Gäste in Ermangelung eines Klosetts immer wieder ihre Ecken hinter den Hecken und Büschen aufgesucht hatten, die auch heute noch gut beschnitten dort wuchsen – oder andere an ihrer Stelle. Seine Mokassins, mit denen er lautlos ging und jede Unebenheit des Bodens spüren konnte, wurden naß im noch feuchten Gras, denn es war erst Vormittag. Er betrachtete das Haus von der Rückseite und die malerische Landschaft im Hintergrund und versuchte sich vorzustellen, wie es damals wirklich gewesen war. Er mußte in seiner Phantasie Kutschen und Pferde erstehen lassen, den Geruch der Pferde und das Klappern der Hufe in der Auffahrt, Frauen in viktorianischen Kleidern und Männer in steifen Anzügen, den Lärm von spielenden Kindern, das Gebell von Hunden. An schönen Tagen hatte sich das draußen abgespielt, aber bei Regen und Wind hatte sich alles ins Haus verlagert, und da die Halle den größten Raum einnahm und den übrigen Zimmern relativ wenig Platz ließ, war vorstellbar, daß in diesen Mauern wohl kaum jemals Ruhe geherrscht hatte.

Jetzt war alles still. Es war nichts zu hören als das Blöken von Schafen. Noch immer befand sich in unmittelbarer Nachbarschaft von „Brede" eine Farm namens „Sheep House". Ob man dort mit Cranes Namen noch etwas anzufangen wußte? Hatte der Haß vergangener Generationen in Geschichten überlebt?

Crane lag damals mit den Schäfern der Umgebung wiederholt im Streit. Es hatte immer wieder Beschwerden gegeben, weil seine Hunde in der Gegend streunten und Schafe anfielen oder erschreckten. Da Crane sich für den angerichteten Schaden nicht verantwortlich zeigte und es ablehnte, seine Hunde deswegen einzusperren, fand er eines Tages bei der Rückkehr nach zweitägiger Abwesenheit einige Schafskadaver aufgehängt an den Bäumen an der Einfahrt, ein beklemmendes Bild im Licht der Laterne. Cora war ziemlich erschrocken und aufgebracht, aber Crane beschloß, die Angelegenheit völlig zu ignorieren, um die Dinge nicht noch zu komplizieren.

Als Marte in die Auffahrt eingebogen war, hatte er dort auf dem Asphalt Stücke von Schafsfell und Wolle gesehen, die vermutlich öfter dort lagen, aber es war schon eigenartig, weil es wirkte, als sei das Ganze erst vor ein paar Tagen geschehen.

Marte versuchte, sich die Menschen des Hauses vorzustellen und mit geschlossenen Augen eine Art Projektion heraufzubeschwören und so etwas wie einen Nachklang der Anwesenheit des Mannes zu empfinden, der vor beinahe hundert Jahren hier den Rest seines Lebens verbracht hatte. Aber es kam ihm albern vor, die Dinge zu verklären, um so mehr im Zusammenhang mit einem Mann, der selbst die Dinge eher nüchtern und unromantisch betrachtete und anging. Seine Gefaßtheit angesichts des Konfliktes mit den Schäfern bewies es. Doch Marte wußte auch, daß dieser Mensch zu romantischen Gefühlsausbrüchen fähig gewesen war und auch zu Tränen. Er hatte geweint, als seine Jugendliebe, die Sängerin Helen Trent ihn schließlich abwies, die Frau, der er hingebungsvolle Briefe geschrieben hatte, die gemessen an seinem eher rauhen und nüchternen literarischen Stil klangen wie Parodie.

Mit frühverstorbenen Künstlern war immer eine besondere Faszination verbunden. Man wünschte sich, daß sie gelebt und die Chance bekommen hätten, alt zu werden, und man fragte sich, was sie noch alles hätten erreichen können und was gewesen wäre, wenn … Crane war nicht dazu gemacht, als alter Mann mit rundem Bauch in einem Schaukelstuhl zu sitzen und an der Pfeife zu ziehen. *„Ich bin nur ein trockener Zweig am Rande des Freudenfeuers"*, hatte er einem Freund einmal gesagt. Und ein andermal, schon vorher: *„Ich bin einfach nur ein Mann im Kampf mit einem Leben, das nicht mehr als ein Mundvoll Staub für ihn ist."*

Es war ein kurzes, aber trotzdem ein ereignisreiches, erfülltes Leben, der Stoff für siebzig oder achtzig Jahre komprimiert in die eng bemessene Zeit eines Bewußtseins, das den frühen Tod immer einkalkulierte. Crane war in 28 Jahren mehr Menschen begegnet als andere in hundert Jahren, hatte mehr gesehen und erlebt und sich mehr in Gefahr begeben, als man es von einem betagten Menschen erwarten kann. Wenn man hörte, daß jemand so früh starb, hatte man Mitleid und fühlte sich betroffen, und wenn man Berichte und Erzählungen über seine letzten Momente und seine letzten Worte las, hatte man einen Kloß im Hals. Natürlich war das Unsinn. Crane selbst hätte nichts davon gehalten. Und wahrscheinlich hätte er auf dem Sterbebett am liebsten den betrunkenen Scratchy Wilson gespielt, um alle zum Lachen zu bringen.

Ende Dezember 1899 erlebte das Haus ein rauschendes Fest, das alles bisher Dagewesene weit in den Schatten stellte. Cora hatte an die vierzig Gäste eingeladen, die drei Tage in „Brede" logierten, das, größtenteils unmöbliert, diesem Ansturm überhaupt nicht gewachsen war. Behelfsbetten mußten aus dem nächsten Krankenhaus herbeigeschafft werden, und die Frauen wurden alle zusammen in einem der leeren Räume untergebracht, während die Männer unterm Dach auf Strohlagern nächtigen mußten. Auf diese Weise fand niemand viel Schlaf.

Der Winter stellte das unbeheizbare Haus auf eine schwere Probe: Angesichts der schneidenden Kälte wärmte man sich an den zahlreichen Kaminfeuern, die ununterbrochen in Gang gehalten wurden, und die Männer durchstreiften mangels einer Toilette lustwandelnd den Garten.

Cora hatte in aller Eile an den Wänden eiserne Vorrichtungen für Fackeln und Kerzen anbringen lassen, um die Spukschloß-Kulisse stilecht zu machen. Ein Stab von Bediensteten war für einige Tage angestellt, die unter anderem 40 flambierte Plumpuddings servierten. Zum mittäglichen Frühstück wurde Bier ausgeschenkt. Für die Gäste war es ein großartiges Spektakel. Die Idee zu einem Wettrennen auf Besenstielen kam von H. G. Wells, der „Die Zeitmaschine" und „Krieg der Welten" bereits geschrieben hatte. Es wurde ausgiebig gepokert, was Crane Gelegenheit gab, nach Art eines Chamäleons von der Rolle des distinguierten Aristokraten in die des lässigen Westerners zu schlüpfen.

Am Abend des 28. Dezember bot sich im Schulhaus von Brede Village eine Abwechslung in Gestalt eines Theaterstückes. Man hatte ihm den Titel „The Ghost" gegeben, und es drehte sich um das legendenhafte Gespenst von „Brede". Eigentlich war es eine Farce zur Belustigung der Gäste. Insgesamt zehn Autoren waren an der Entstehung beteiligt, außer Crane selbst A. E. W. Mason, Henry James,

H. B. Marriott-Watson, Edwin Pugh, H. G. Wells, George Gissing, Joseph Conrad, Robert Barr und Rider Haggard. Manche hatten dabei bloß Sinn für Humor bewiesen, indem sie ein paar Sätze oder bloß Wörter beisteuerten, und nicht alle waren bei der Aufführung anwesend. Conrads Anteil bestand nur aus dem Satz „Das ist eine ganz schön kalte Welt", und George Gissings Beitrag beschränkte sich auf die Bemerkung „Er starb an der Schmach, daß er seinem Hut durch Piccadilly nachgelaufen war". Helden dieses denkwürdigen Stücks waren Figuren aus den Romanen der Mitautoren.

Beim Ball am 29. Dezember in „Brede" tanzte man nach dem opulenten Bankett bis in die Nacht, während draußen ein Schneesturm tobte. Die Musik einer Kapelle hallte durch die düsteren Mauern. Es war eine phantastische Inszenierung – mit einem unvorhergesehenen Höhepunkt. Nur wenige hatten bemerkt, daß der Gastgeber an diesem Abend ungewohnt schweigsam war und oft still vor sich hinsinnierte. Die Musiker waren gegangen, und man besann sich auf die Qualitäten der Hausmusik. Crane klimperte gerade etwas auf seiner Gitarre, als er plötzlich, den Mund voller Blut, gegen die Schulter seines Nachbarn sank.

Wells fuhr auf einem Fahrrad sieben Meilen durch die verschneite Landschaft, um in Rye einen Arzt zu holen, als es bereits dämmerte. In den frühen Morgenstunden des heraufziehenden Tages lebte Crane immer noch – und das war mehr, als die meisten der Anwesenden erwarten konnten. Zum allgemeinen Erstaunen erholte er sich soweit, daß er am letzten Tag des Jahres zynisch auf das anbrechende 20. Jahrhundert trinken konnte, der Aufklärung eines Gastes zum Trotz, daß das neue Jahrhundert faktisch erst mit dem 1. Januar 1901 beginnen würde.

Freunde und Vertraute waren sich einig: für den Kranken gab es keine Rettung mehr. Letzte Hoffnungen verknüpften sich mit Erholungsaufenthalten in gesünderem Klima. Süden war jetzt das Zauberwort: Südfrankreich, Südafrika, Süddeutschland – wenigstens Südengland, die Küste, Bournemouth. Doch es fehlte das Geld. In „Brede" türmten sich die Rechnungen für das Festgelage, mit dem man ungewollt zynisch einen Todgeweihten zelebriert hatte.

Am 20. Januar war Crane so weit genesen, daß er nach London fahren und in Hastings an einem Essen zu seinen

Ehren teilnehmen konnte. Er war nur noch ein Schatten seiner selbst, am Geschehen beinahe unbeteiligt, schweigsam, geistig abwesend, aber immer noch voller innerer Unruhe, die ihn zum Auf- und Abgehen durch die Räumlichkeiten trieb. Allein seinem Agenten Pinker in London schuldete er mittlerweile mehrere tausend Dollar. Und beinahe wöchentlich kamen neue Forderungen. Dabei tat Pinker, was er nur konnte, arrangierte Vorschüsse auf noch ungeschriebene Geschichten, von denen auch er ahnen mußte, daß sie vermutlich nie verwirklicht würden.

Im März reiste Cora nach Paris, um Helen, die Nichte zu treffen. Crane hatte ihr Besserung vorgetäuscht, doch in Wahrheit erlebte er Anfang April zwei weitere schwere Blutstürze. Vernal, der neue Koch, benachrichtigte trotz strikter gegenteiliger Anweisung Cora in Paris, die sofort nach Hause kam. Ein Lungenspezialist und eine Pflegerin wurden nach „Brede" beordert. Die finanzielle Lage wurde dadurch nur prekärer. Cora wandte sich beschwörend an den Agenten in London: „Wenn Mr. Crane sterben sollte, so habe ich Notizen bezüglich des Romanschlusses" (gemeint war „The O'Ruddy"), „so daß er beendet werden kann und für niemanden Verlust entsteht – *wenn* das passieren sollte." Als sei der Tod eines Menschen weniger beklagenswert als der des verdienenden Produzenten einer genügenden Anzahl von Wörtern. Aber Cora war nicht herzlos und berechnend, sie war verzweifelt. Sie machte sich Vorwürfe, weil sie den Strom der Besucher zugelassen, ihn nicht unterbunden, ja, ihn gar forciert hatte.

In den Zeitungen spekulierte man über Cranes verbleibende Lebensspanne. Er war noch immer der Autor des Erfolgsromans „Die rote Tapferkeitsmedaille". Genesungsschübe gaben immer wieder Hoffnung, doch Crane hatte mit seinem Leben abgeschlossen. Am 21. April legte er sein Testament nieder, in dem er seine persönliche Habe und die zukünftigen Einnahmen aus seinem Werk Cora vermachte. Schon am 30. des Monats folgten schwere Fieberattacken, der erneute Zusammenbruch.

Währenddessen waren in „Brede" intensive Restaurationsarbeiten im Gange. Die Überreste einer Mauer wurden ausgegraben, die ehemalige Teile der Anlage andeutete, und man stieß auf alte Bodenfragmente, Reste einer Feuerstelle und den Teil einer Streitaxt in über einem Meter Tiefe.

Gehörte sie am Ende William dem Eroberer, der der Chronik zufolge im geschichtsträchtigen Jahr 1066 bereits an diesem Ort übernachtet hatte? Cora, fertigte Skizzen an und hielt Moreton Frewen auf dem laufenden, bestrebt zu dokumentieren, wie ernst man die Abmachung zu Beginn des Mietverhältnisses nahm. Doch Frewen war zu einer realistischen Einschätzung der Situation durchaus in der Lage. Er stellte 100 Pfund für eine Reise nach Badenweiler im Schwarzwald zur Verfügung. Crane spielte indessen noch mit dem absurden Gedanken, in St. Helena über das Kriegsgefangenenlager auf dem Hintergrund des Burenkrieges zu berichten.

Am 15. Mai ging es zunächst nach Dover. Die letzten Gedanken des Todkranken auf der Insel galten dem Freund Joseph Conrad, der selbst finanziell ums Überleben kämpfte. Ob er jemals den literarischen Durchbruch schaffen würde? In seinem letzten Brief wandte sich Crane an Freunde mit der Bitte, Conrad zu helfen.

Im Lord Warren Hotel in Dover begegneten die beiden sich schließlich zum letztenmal. Crane war ans Bett gefesselt, unfähig aufzustehen, den Blick von erhöhten Kissen aus dem Fenster auf den Kanal und die ankommenden und abfahrenden Schiffe gerichtet, Sponge, den Lieblingshund, immer an seiner Seite. Helen und Cora waren da, und ein Arzt und zwei Schwestern waren für die Pflege des Kranken verantwortlich.

Bevor die Nachricht von Cranes Aufbruch nach Dover gekommen war, hatte Conrads Frau Jessie einen prophetischen Traum: Sie sah Crane, der von der Ambulanz auf einer Bahre eilig in Richtung Küste transportiert wurde, Cora und zwei Schwestern an seiner Seite.

Nun, da diese gespenstische Vision Wirklichkeit geworden war, saß Joseph Conrad an seinem Bett und versuchte ihn aufzumuntern, aber die Antworten bestanden nur aus Zeichen oder einigen geflüsterten Worten. Zum Abschied sagte Crane: *„Ich bin müde. Grüß deine Frau und dein Kind in Liebe von mir."*

Robert Barr kam und versprach, das Fragment des Romans „The O'Ruddy" nach Coras Anweisungen zu beenden.

Am 24. Mai hatte sich die rauhe See so weit beruhigt, daß man sich zur Überfahrt entschloß. Man fuhr zunächst nach Basel und von dort aus weiter nach Badenweiler. In der Obhut Dr. Albert Fraenkels bewohnte Crane ein Zimmer im 2. Stock der Villa Eberhardt, in einer malerischen Landschaft an den südwestlichen Hängen des Schwarzwaldes. Doch für Crane war es zu spät. Er war in dieses Zimmer gekommen, um zu sterben. Cora belog ihn hinsichtlich der finanziellen Situation, um ihn nicht zusätzlich zu belasten, aber in Wahrheit waren die 100 Pfund von Moreton Frewen bereits verbraucht. Henry James schickte 50 Pfund, ein Abschiedsgeschenk. Die letzten Tage lag Crane in Fieberphantasien. Er befand sich wieder im Rettungsboot der „Commodore" und erlebte noch einmal die strapaziösen, angstvollen Stunden vor der Rettung. „Es ist furchtbar, ihn zu hören, wie er versucht, im offenen Boot die Plätze zu tauschen", schrieb Cora an Frewen. In der Nacht zum 5. Juni 1900 starb Crane im Alter von nur 28 Jahren, Sponge an seiner Seite, um 3 Uhr morgens, genau wie sein Freund Harold Frederic.

Zwei Wochen vor seinem Tod hatte Robert Barr versucht ihn zu trösten, ihm noch Hoffnung zu machen. Crane hatte abgewinkt. *„Robert, wenn du die Grenze erreichst – die wir alle überqueren müssen – dann ist daran nichts Schlimmes. Du fühlst dich schläfrig – und ... es ist dir gleich. Nur eine träumerische Neugier, welche Welt die wirkliche ist – das ist alles."*

Es war Mittag geworden. Marte nahm seinen Rucksack auf und wuchtete ihn auf den Rücken. Es war ein gutes Gefühl, so unter einer schweren Last zu gehen und zu wandern, durch eine herrliche Landschaft, an einem freundlichen Tag. Er wollte versuchen, den Bus zu erwischen und zurück nach Rye zu fahren, wo er das Haus von Henry James gesehen hatte, und von dort aus weiter, die Küste entlang. Er sagte noch mal danke und verabschiedete sich von John und dem Gärtner. Bald darauf hörte er von drinnen das schrille Geräusch einer Kreissäge und das Pfeifen des Mannes in Gummistiefeln, dessen Namen er nicht erfahren hatte. Der Besitzer sollte erst morgen wieder herkommen. Wer weiß, dachte Marte, vielleicht war es besser so, vielleicht wäre ich da auf weniger Verständnis gestoßen.

Bevor er der Auffahrt zurück zur Straße folgte, warf er einen letzten Blick auf das Haus und den Garten. Seit den Tagen um die Wende zum 20. Jahrhundert hatten hier viele Menschen gelebt, waren ein- und ausgegangen, sie hatten die Dinge verändert, hatten restauriert und umgebaut, ein Feuer hatte das Gebäude beinahe vernichtet, und außer den Grundmauern und der Fassade war alles neu. Er hätte gern so etwas wie eine Spur der Anwesenheit der Menschen wahrgenommen, die hier vor hundert Jahren gelebt hatten, aber das war nicht der Fall. Es blieb allein die Faszination des Gedankens, daß sie früher hier wirklich gewesen und über diese Wiese gegangen waren und dieses schwere Portal geöffnet und geschlossen hatten. Joseph Conrad hatte hinter diese Hecken gepinkelt. Henry James hatte in seinen Kissen vermutlich geschnarcht zum Gotterbarmen. Der kleine Borys Conrad hatte hier seine ersten Schritte gemacht, war dann herangewachsen und alt geworden und schließlich gestorben. Die Brücke zur Vergangenheit war ganz abgerissen, und nur einige der unmittelbaren Nachbarn wußten überhaupt noch, daß es je passiert war. Nicht einmal das: die Erinnerung reduzierte sich auf einen Namen. Die Geschichte dahinter war beinahe völlig verblaßt.

Und plötzlich wurde ihm klar, warum er hergekommen war. Nicht einfach nur, um dieses Haus zu sehen. Es war aberwitzig: er war gekommen, um Stephen Crane zu besuchen. Er wollte den kleinen Borys reiten und Henry James seine *doughnuts* essen sehen. Er wäre gern mit James und Joseph Conrad zigarrerauchend durch den Garten geschlendert und hätte sich gern von Edith wahrsagen lassen, am Tag des Basars. Er hätte gern Cora die Hand geküßt und ihr in die Augen gesehen – ihr auf jeden Fall in die Augen sehen! – um herauszufinden, welchen Platz sie einnahm in dem Spielraum zwischen gewissenloser Lebedame und gutmütig-naiver Gefährtin. Und er hätte gern mit eigenen Augen den Mann gesehen, den allen Beschreibungen zufolge diese seltsame Unruhe antrieb und der sein Schicksal zu Ende gelebt hatte wie etwas, das sich eben nicht ändern läßt.

Aber er war zu spät gekommen, um beinah hundert Jahre.